神奇点心店

17

星探馒头与新计划

〔日〕广岛玲子 ◎ 著

〔日〕加加 ◎ 绘　段洵美 ◎ 译

北京科学技术出版社

100 层童书馆

注意道口
钱

目录

引子

一个初中生模样的少年正坐在公园的长椅上。他看起来心绪不宁，不时焦急地四处张望。

这时，一个女人从马路对面走了过来。女人看上去四十岁左右，穿着一身干练的职业装。她举止干脆利落，一看就很能干。

看到女人，少年立刻起身向她走去。

“风祭小姐，您好！”

“好久不见，泷宫。最近怎么样啊？”

“还好。不过……因为有那种奇怪的能力，所以我每天都提心吊胆……前几天，在拥挤的电车上，我不小心碰到一个陌生大叔的手腕，然后就捏了他一下……还有，我经常没来由地想要找人算账……”

少年紧攥着拳头，怯生生地继续道：

“我还是没想起更多与钱天堂有关的事，藏木先生已经有两年没来见我了……”

“哦，他一直很忙。我不是替他来了嘛。”

“可是……你们什么时候带我去见六条教授呢？藏木先生第一次找我的时候就答应过我。他说六条教授一定能救我。我真的很害怕，这种力量太可怕了！我总觉得我不该使用它，可到底为什么会有这样的感觉呢？我什么也不记得了，我根本不知道我身上发生过什么……”

看着因担忧而几近癫狂的少年，风祭笑着说：

“冷静点儿。别担心，一切都会恢复正常。对了，今天我给你带了一样东西，你一定会喜欢。看！”

风祭把一个大大的文件夹递给少年。

“这是什么？”

“这是一份名单。上面的人都拥有特殊能力。他们和你一样，也在那家点心店买了点心，并因此获得了神奇的力量。”

“也在点心店……啊，我什么也想不起来！” 少年抱着头痛苦地喊道。

风祭继续道：“失去记忆的确是一件让人痛苦的事。你之所以会这样，就是因为曾经吃下神奇的点心，拥有了特殊能力。只要消除了这种能力，你的记忆就会恢复，六条教授是这么说的。不过，想消除这种能力的话，你必须把这些人的能力夺过来。”

“也就是说……想消除的话，必须先使用？”

风祭对着脸色苍白的少年点了点头。

“你很害怕对不对？我非常理解你的心情，但你不得不如此。只有获得这些人的能力，你身上的特殊能力才能消除。所以你必须这么做，明白了吗？”

“……”

“难道你甘愿永远这个样子？当然，如果你不介意，我们也无所谓。”

风祭的声音突然变得冷漠。

少年担心他们放弃自己，连忙说：

“我做！我做……不、不管什么事，我都愿意做！”

风祭的态度立刻变得和蔼。

“你很勇敢，我们果然没看错人。那就这么说定了。文件上有每个人的住址，你要做的是靠近他们，然后夺走他们的能力……能办到吗？”

“能。”

“就等你这句话呢。那我先走了。你的情况我会向藏木先生汇报。”

风祭踩着高跟鞋离开了。

独自留在原地的少年松了一口气，开始翻阅手里的文件。

“抢夺烤年糕、规则奶糖、断舍离丸子、不痛不痛巧克力……”

看完后，少年陷入了沉思。

吃了这些点心的人恐怕和我一样，也正因身上的特殊能力感到痛苦吧……

抢夺烤年糕

你是否有过这样的经历？明明是自己主动把东西送给别人的，但没过多久就后悔了；或者把东西扔掉后，又觉得当初应该留下来。

八岁的小圣现在就沉浸在这种后悔的情绪中。

小圣把自己的摇摇马送给了别人。

小圣小时候非常喜欢那匹摇摇马，每天都骑在上面摇来摇去，嘴里还不停地喊着“驾！驾！驾！”。

长大后，小圣的兴致逐渐转移到其他新鲜事物上。因此，这几年摇摇马一直被收在储藏室里。

一天，妈妈提议：

“反正你也不玩了，干脆把摇摇马送给表弟吧。”

“好啊。”小圣爽快地答应了。

反正我也不需要了，只要别来打扰我跟游戏里的怪物大战，无论把什么东西送人都行，小圣心想。

几天后，小圣去小姨家玩，看见五岁的表弟小亮正骑在那匹摇摇马上。那一刻，小圣心中突然泛起一阵强烈的悔意。

我已经很久没有骑这匹摇摇马了。我长高了，已经不能骑在上面玩了，况且对现在的我来说，还是电子游戏更有吸引力。可是小时候这匹摇摇马是我最好的玩伴，陪我度过了快乐的时光。

童年的回忆翻涌而出，小圣想起自己曾经何等珍爱这匹摇摇马。种种情绪涌上心头。

唉，我当时为什么要同意把摇摇马送给小亮啊！心爱之物就这么给了别人，后悔死我了！虽然小亮很可爱，我们平时关系也很好，他就像我的亲弟弟一样，但这是两回事！

看着骑在摇摇马上玩耍的小亮，小圣越发觉得气不打一处来。

吃完点心后，小圣找借口说还有作业要写，匆匆忙忙离开了小姨家。

如果继续在那里待下去，恐怕我会忍不住开口让小亮把摇摇马还给我。

走在回家的路上，小圣依然满脑子都是那匹摇摇马。

好想把它要回来啊。有没有什么办法能把它要回来呢？如果我跟妈妈说，妈妈肯定会生气。她肯定会说，都已经给人家了，哪有要回来的道理。

“如果我当时拒绝把摇摇马送给小亮就好了……”

小圣翻来覆去念叨着这句话。

突然，小圣停住了脚步。原来，在不知不觉中，他走到了一个陌生的地方。

那是一条狭窄的小巷。平时熟悉的建筑物全都不见了，只有一间小店坐落在小巷深处。

看到那家店的瞬间，小圣心里那种迷路后的恐慌感一下子就消失了，就连摇摇马的事情也被他抛到脑后去了。他像着了魔一样向那家店走去。那是一家点心店，店门上方挂着一块古朴的招牌，上面写着“钱天堂”三个大字……

那家点心店给人一种充满魔力的感觉，门口陈列的点心和玩具样样都很新奇。

恋爱馒头、雨衣菠萝、滚雪球砂糖、蜷缩樱桃、吃惊栗子羊羹、断舍离丸子、恋爱红萝卜、冒号马卡龙、数码派、吸血鬼铜锣烧、多管闲事烤苹果、守护猫骑士、神将卡、能言善辩糖、神灯扑克牌……

形形色色的商品把货架塞得满满当当，每一样小圣都闻所未闻。它们散发着一种特殊的气息，就像是从电子游戏或者故事书里蹦出来的魔法道具一样。

小圣心跳加速，激动不已。

正当他看得眼花缭乱时，一个高大的女人从店铺的里间走了出来。

“幸运客人，欢迎光临。”女人说话的语调很独特，仿佛在唱歌一样。

小圣惊讶得张大了嘴巴。

他从未见过身材如此高大的女人。女人穿着一件紫色和服，上面印满了铜钱图案，无形中给人一种压迫感。

女人发髻上插着的琉璃簪反射出奇异的光芒。她头发像雪一样白，但一点儿也不显苍老；圆润的脸庞上挂着自信的笑容，仿佛一切尽在她的掌控之中。她低头看向小圣，目光中带着几分说不出的神秘。

“这里是钱天堂，一间能帮客人实现愿望的点心店，

爆米花
再见煎饼
再见煎饼
再见煎饼
招财

我是这家店的老板红子。这位幸运客人，你的愿望是什么呢？无论有什么愿望，都可以告诉我。”

听到对方问自己的愿望，小圣嘴巴便开始不受控制地开合，一串话语就这么从他嘴里跳了出来。

“我想把之前送给表弟的东西要回来！虽然是我亲口答应给他的，我也知道不应该要回来……但、但是，我还是忍不住想要回来！”

“也就是说，你想把已经送给别人的东西要回来，对吗？”

“嗯。但我如果这样做了，肯定会被批评吧……唉，东西是要不回来了。”

看着垂头丧气的小圣，红子微微一笑：

“不，这并非不可能。我这里有一款点心，正好可以实现你的愿望。”

小圣瞪大了眼睛。红子从货架上取下一个小袋子，递给小圣。

透明的袋子里装着一块大大的烤年糕。烤年糕被做成了小鸟的样子，焦黄的表皮上包裹着一片海苔。袋口的绳子上挂着一个标签，上面写着“抢夺烤年糕”几个字。

太厉害了，小圣不由得屏住了呼吸。虽然不知道它到底有什么用、厉害在哪里，但小圣就是有一种感觉——这块抢夺烤年糕是非常神奇的点心。

“这是抢夺烤年糕，可以将他人的东西据为己有，非常适合占有欲较强的人。把已经送给别人的东西要回来这种事当然也能办到。”

“真、真的吗？”

“是啊。价格是五元[1]，你要买吗？”

小圣立刻点头。

我一定要得到它！这就是我的东西，就像摇摇马一样……不，我对它的渴求甚至比对摇摇马的还要强烈。

小圣从钱包里取出一枚五元硬币。

红子高兴地笑着说：

“没错，这正是今天的幸运钱币，平成五年[2]的五元硬币。感谢惠顾。”

小圣目不转睛地盯着手里的抢夺烤年糕。他如获至

1　本书中的元均指日元。——编者注

2　平成是日本第125代天皇明仁的年号，使用时间为1989年1月8日—2019年4月30日。平成五年即1993年。——编者注

宝，只觉得身体变得轻飘飘的，仿佛能一直飘到天上去。

红子接下来说的话，他压根儿就没听进去。

“食用后，请务必注意自己的行为举止。有欲望并不是坏事，但如果没有相应的诚意，就不像话了。”

“嗯？什么？”

小圣想问清楚，但当他抬起头时，却吓了一跳。

钱天堂不见了。那些令人心跳加速的点心、那个令人印象深刻的女人，统统不见了。

此刻，小圣正站在熟悉的街道拐角处。

我是什么时候回到这里的？

小圣有些困惑，但很快便不再纠结。因为不管怎样，至少这块抢夺烤年糕的的确确就躺在他手中。

小圣被这块点心深深吸引，想马上把它吃掉。于是，他打开袋子，咬了一大口。

太好吃了！抢夺烤年糕表皮香脆可口，内里软糯有嚼劲，再加上醇厚的酱油与酥脆的海苔，一切都恰到好处。一块烤年糕三两口便下肚了。

“唉！我应该慢点儿吃，仔细品味才对！”

就在小圣感到后悔时，他无意中瞥见袋子上挂着的标签背面有字，仔细一看，上面写着这样一段话：

您是否想要拿回已经送出去的东西？您是否想从他人手中夺走您心仪的物品？这款抢夺烤年糕正是为您这样欲壑难填之人量身定制的。食用后，您只需对他人说一句“把这个给我”，对方就会心甘情愿地把您想要的东西双手奉上。只是……

看着密密麻麻的小字，小圣很快就不耐烦了。他只看到一半就停下了。他想，反正已经知道抢夺烤年糕的作用了，没必要看完所有内容吧。

只要说一句话，别人就会心甘情愿把我想要的东西双手奉上，世上怎么可能有这种事？不过试试也无妨。

小圣决定先回家。

回到家后，小圣看到妈妈正盯着钱包和账本叹气。她的脸色难看极了，肯定是这个月的花销超支了。

这可是测试抢夺烤年糕的好机会。

小圣走到妈妈身边，鼓起勇气说：

“妈妈，我想买瓶饮料……把这个给我。”

小圣有些心虚地指着妈妈的钱包。

若是放在平时，妈妈一定会瞪着眼睛厉声呵斥："这个月的零花钱不是已经给你了吗？渴了就去喝水！"

但今天，妈妈的反应却截然不同——她抬头看了一眼小圣，笑着回答："好啊。"

说完，妈妈便毫不犹豫地把钱包递给了小圣。

小圣吓了一跳："真……真的要把钱包给我？"

"当然了，你不是想要嘛，那就给你吧。里面的钱你想怎么花就怎么花。"

"谢、谢谢妈妈……"

小圣一脸惊讶地拿起钱包，转身朝门口走去。

没准妈妈会叫住我，或者追上来把钱包要回去。

想到这里，小圣下意识地回头看了一眼，但他预想的事情并没有发生。

小圣高兴极了。

太棒了！妈妈平时那么小气，这次却把钱包给我了，这还是头一次呢！让我看看钱包里有多少钱。唉，原来就这么点儿钱啊。

虽然有些失望，但这种情绪很快就被小圣抛到脑后了。

看来，抢夺烤年糕的标签上说的是真的。拥有了这样的能力，我就能得到任何我想要的东西了。

首先……我要去拿回我的摇摇马！

小圣向小姨家跑去。

看到去而复返的小圣，小姨有些惊讶："是小圣啊，你怎么回来了？"

"小姨，我有东西忘了拿。"

"哎呀，那快进来吧。"

"嗯。"

小圣走进小姨家后，径直去了小亮的房间。他看着正在房间里玩耍的小亮，决定先直说试试。

"小亮，对不起，我想请你把摇摇马还给我。"

小亮恐怕从没想过表哥会说这样的话。

小亮生气地跳上摇摇马："不给！这是我的！"

"可它原本是我的呀。"

"我不管！现在它是我的！"

小亮紧紧地趴在摇摇马上，仿佛在说"我绝对不会把摇摇马还给你"。见状，小圣决定说那句话试试。

“小亮……把这个给我。”

抢夺烤年糕的魔力无人能敌。

小亮一下子安静下来，乖乖地点了点头，说：“嗯，好呀。”

“嗯？真的吗？”

“嗯，还给你。妈妈！妈妈！”

小亮笑着跑到他妈妈身边。

“妈妈，那匹摇摇马我决定还给小圣哥哥。”

“啊？真的吗？你不是很喜欢吗？”

“真的。我想还给小圣哥哥了。”

“好吧，我知道了。我待会儿就给你大姨打电话，让她来我们家把它拿走。”

就这样，小圣成功要回了自己的摇摇马。

妈妈到小姨家把摇摇马装进车里后，小圣笑得合不拢嘴。

太棒了！有了这种神奇的能力，我想要的东西都将唾手可得。

想到这里，小圣激动得拍了下手。

没错，没有我得不到的东西！我无论想要什么都能轻易到手！

如梦境般美好的日子开始了。

只要是喜欢的东西，小圣都能得到。他只需走到商店，对售货员说“把这个给我”，就能立刻得到想要的东西。就连朋友家昂贵的玩具和游戏机，只要他喜欢，也能轻轻松松据为己有。为了捉弄自己讨厌的同学和严厉的老师，小圣还会故意拿走他们喜欢的东西。

即便如此，也没有一个人抱怨，每个人都微笑着把东西送给小圣。而且，不管小圣拿回家的东西多么昂贵，爸爸妈妈都没有质疑过。似乎从拿到手的那一刻起，那些东西就理所当然归小圣所有。

不管是从表弟那里要回来的摇摇马，还是昂贵的游戏机、限量版手办，从来没有人怀疑这些东西是否真的属于小圣。

真的太爽了！小圣高兴得有些忘乎所以。

但是，新的问题出现了。不知不觉中，小圣的房间里堆满了东西。

还是收拾一下吧，毕竟我还有很多想要的东西，可房间里已经快堆不下了。有很多东西是我一时兴起要过来的，先把这部分处理掉吧。

嗯……这块橡皮我不想要了。这枚戒指嘛，是为了捉弄老师才要过来的，我也不想要了。

小圣把不再感兴趣的东西挑出来，扔到一旁。

得到这些东西时的兴奋和激动之情早已荡然无存。毕竟无论什么东西他都能轻易得到，他早已感受不到快乐了。

就连之前心心念念的摇摇马，如今在小圣眼中也失去了光彩。

因此，他决定把摇摇马扔掉，不带一丝犹豫。

小圣花了很长时间，终于完成了整理和分类工作。他把东西分成“留下”和“扔掉”两类。准备扔掉的东西已经堆成了一座小山。

好了！啊，好累啊，先休息一会儿吧。

小圣扑通一声扑到床上，沉沉地睡去。

小圣做了一个梦。在梦中，他被堆成小山的东西包围了。那些都是他利用抢夺烤年糕的力量得到的东西，它们竟然张嘴说话了：

“不要扔掉我！不要扔掉我！既然你得到我的时候觉

得我有用，那么请一直使用我，直到用坏！”

那些东西拼尽全力诉说着，声音高亢，语调悲怆。

小圣听了火冒三丈，他一脚踢在离自己最近的摇摇马身上，毫不犹豫地喊道：“闭嘴！我才不需要你们！”

四周突然安静下来。感受到从四面八方投来的灼灼目光，小圣害怕了。

幸好，他在这时醒了过来。

“喊，真是个不吉利的梦……还是赶快把这堆垃圾扔出去吧。”

就在这时，妈妈突然跑进小圣的房间。

“妈妈，您来得正好。这些东西我都不要了，帮我扔了吧。”

然而，妈妈没有给小圣任何回应。她环顾四周，叹了一口气。

“天哪，怎么突然多了这么多东西？而且我从来都没见过……算了，还是收拾一下吧。”

妈妈打开一个巨大的垃圾袋，然后……

她竟然抓起小圣，一把丢进了垃圾袋。

小圣惊慌得瞪大了眼睛。

“妈妈，您干什么呢？妈妈，快住手啊！”

妈妈似乎听不到小圣的呼喊，只顾着捡起房间中散乱的物品，一个又一个地丢进垃圾袋。玩具、模型、零食箱……东西不断砸下来，差点儿把小圣砸伤，这下他真的害怕了。

他慌张极了，想从垃圾袋里逃出去，却发现自己的身体无法动弹。

“咦？这、这是怎么回事？妈妈，妈妈，救命啊！”

小圣拼命喊着，可妈妈依然只顾着整理房间。小圣终于意识到，妈妈根本听不见自己说话。接着，他发现了一件更可怕的事。

原来，小圣被封印在那匹曾被他视若珍宝的摇摇马里了，那是他运用抢夺烤年糕的力量夺回来的第一件物品。当小圣意识到这一点时，他已经被搬出了家门。

妈妈把装着小圣的垃圾袋扔进汽车后备箱，气愤地说：“哎呀，还得三趟才能全搬出来，怎么会有这么多东西……唉，先塞到车里，再一起拉到二手商店卖掉吧。”

说完，妈妈砰的一声关上了后备箱。

四周一片黑暗，妈妈的脚步声逐渐远去。小圣拼尽全力喊叫，嗓子都喊哑了。

“等等！等等！我还在里面呢！为什么听不到我说话啊？妈妈，妈妈，不要！不要扔下我！不要把我扔掉！啊，为什么会变成这样？为什么？为什么？啊，谁能救救我？”

然而，没有人注意到被封印在摇摇马里的小圣。

如果小圣认真读完抢夺烤年糕标签上的内容，也许事情就不会变成这样了。

因为那段话的后半部分是注意事项。

……只是，请您务必珍惜凭借抢夺烤年糕的力量获得的物品。您如果在得到后不珍惜或将其丢弃，将为之前的贪欲付出巨大的代价——您的整个人生都会被夺走。

白野圣，男，八岁

平成五年的五元硬币

规则奶糖

我想帮助爸爸。

这是七岁的香里奈的愿望。

香里奈很爱自己的爸爸。爸爸性格温和，工作能力很强，而且每逢假期都会带着香里奈到处游玩。这个几乎称得上完美的爸爸，只有一个缺点。

而且这个缺点令全家人都伤透了脑筋。

爸爸非常贪吃，并且已经到了惊人的地步。

不知为何，只要看见食物，爸爸就会两眼放光。不论是点心还是饭菜，只要放在他面前，都会被吃得一干二净。哪怕他已经吃得肚子浑圆，还是会一直吃下去。

在家里吃饭时，如果采用共餐制，用大盘子盛菜，爸爸会把盘子揽到自己面前，狼吞虎咽地独吞所有食物。

若是采用分餐制，每人分一小盘饭菜，爸爸会先风卷残云般将自己的那份一扫而空，然后便打起其他人盘子里饭菜的主意。要是家人做出让步，爸爸就会把他爱吃的炸鸡块或煎饺夹走。

香里奈有一个姐姐，名叫惠那，今年十二岁。每次吃饭的时候，姐妹二人都要努力保护好自己的食物，以防被爸爸夹走。

不过，最受困扰的还是妈妈。妈妈每天都会提前备好食材，放到冰箱里。但到了第二天早上，冰箱里总是空空如也。妈妈只好手忙脚乱地重新给每个人准备早饭和便当。

就算妈妈反复叮嘱说那是第二天要用的食材，或者在食材上贴标签，写上“做便当用的，不许吃”，都没有用。爸爸好像只要看到食物，脑子里就会一片空白，只剩“吃”这一个念头。已经不能用嘴馋来形容爸爸了，他的贪吃已经到了可怕的地步。

每当妈妈抱怨，爸爸还会搬出歪理，说：

“吃饭而已，我想吃多少就让我吃多少嘛。在这个家里，挣钱的人可是我！我吃用我自己的钱买的食物有什么问题！”

“可我每次给你盛的饭菜都比其他人多得多，更何况你不是已经吃饱了吗？明明都吃饱了，还要抢孩子们的零食、偷吃我备的菜，你是不是故意的？做让别人讨厌的事就那么有趣吗？”

“你说我是故意的？我、我不是！只是眼前一有食物，我就会不由自主地伸出手。”

“可我不是特意留了纸条说不能吃吗？你也太贪得无厌了！”

“你说什么？！给我道歉！”

这样的对话，最后往往会演变成一场如火山爆发般激烈的争吵。

香里奈不希望爸爸妈妈吵架。

关于爸爸贪吃这件事，香里奈当然百分之百站在妈妈这边。但越是这样，她就越难过，因为她真的非常喜欢爸爸。可是如果爸爸一直这么贪吃，她害怕自己忍不住会讨厌爸爸……

说实话，香里奈总觉得爸爸有些奇怪。一看到食物，他就像变了个人。难道爸爸生病了，所以才无法控制自己的食欲？

香里奈很担心爸爸。

唉，怎么办啊？真想治好爸爸贪吃的毛病。要是有什么药能治这种毛病就好了。

香里奈愁眉苦脸地走在去蛋糕店的路上。今天是妈妈的生日，香里奈打算去买妈妈最喜欢的蒙布朗蛋糕。

回家之后我得赶紧把蛋糕送给妈妈，让她在爸爸回来之前吃掉。要是被爸爸看到，他肯定会说："哇，看上去真好吃！我就不客气了！"然后迅速把蛋糕抢走，我们根本拦不住。就算我们试图阻拦，他肯定会说："别担心，我只想尝尝味道。"然后把蛋糕吃得一干二净。

正因为知道会如此，香里奈反而更加觉得爸爸可怜。

"我得抓紧了。必须赶在爸爸下班回来前把蛋糕拿给妈妈。去年妈妈一口蛋糕都没吃到，今年可不能这样。"

香里奈加快了脚步。

然而，不知为何，香里奈竟然走错了路。她走进了一条偏僻的小巷，在里面迷路了。

"咦？这是哪里……"

香里奈努力寻找出口，不知不觉间走到一家点心店门前。

店里摆放着各式各样的点心，令人眼花缭乱。香里奈的注意力一下子就被这些点心吸引了，她暗自庆幸爸爸没有和自己一起来。

“要是爸爸在这里……他一定会失去理智，把这些点心全都吃掉。唉，这样的爸爸真让人伤脑筋啊。怎样才能帮爸爸控制食欲呢？”

香里奈只是在自言自语，但她的话音刚落，便有人给了她回应。

“本店有一种点心，正好能解决你的烦恼。”

香里奈吓了一大跳。从店里走出一个女人，她穿着一身紫色和服，身材高大。

女人微笑着将香里奈称为“幸运客人”，她拿出一个核桃大小的纸盒，问道：“你看这件商品如何？”

那是一个纯白色的正方形纸盒，看上去就像一个没有点数的色子。

明明只是一个再普通不过的盒子，但不知为何，香里奈非常想拥有它。

看到香里奈的目光无法从纸盒上面移开，女人温柔地说：

招财猫
吸血鬼
铜锣烧
宝石水果糖
冒号马卡龙

“从你父亲的表现来看，他像是吃过无限鱿鱼干[1]，如果真是这样，那他的症状一定非常严重。只要妥当使用规则奶糖，你一定能解决现在的烦恼。”

“规则奶糖……”

“是的，价格是五百元。如果你确定购买，请使用平成二十九年的五百元硬币支付。”

这个阿姨说的话真奇怪。虽然心里这样想，香里奈还是连忙掏出钱包找钱。钱包里只有一枚五百元硬币，恰好是平成二十九年的。

在感到幸运之余，香里奈还有些惊讶。她把钱递给女人，女人微笑着把装有规则奶糖的纸盒交给香里奈，又反复叮嘱她一定要仔细阅读里面的说明书。

“这样的话，我想你一定能把握住幸运。”

“啊，好。”

这个阿姨果然很奇怪。尽管如此，香里奈还是点了点头。不管怎样，能买到规则奶糖，香里奈高兴极了。她甚至忘了还要给妈妈买蛋糕，就这样回了家。

没想到……

1 关于无限鱿鱼干的叙述见本系列第九册第四个故事。——编者注刚打开家门，一阵怒吼声便传了出来——是姐姐惠那在大喊大叫。香里奈不由得屏住了呼吸。

香里奈很快就弄清了事情的来龙去脉。原来是惠那给妈妈买了一份棉花糖当作礼物，但爸爸竟然把棉花糖全都吃了，一点儿都没剩。

惠那已经气昏了头，她朝爸爸大喊："我再也不相信你了！没想到你竟然做出这种事！"

面对惠那的指责，爸爸却表示不理解："有必要生这么大气吗？再买一份不就行了，我出钱。"

香里奈不由得皱起了眉头。爸爸真笨，他这么说，只会让姐姐更生气。

爸爸贪吃的毛病还真是根深蒂固。这盒规则奶糖真的能帮爸爸改掉这个毛病吗？

为了避免被卷入争吵，香里奈小心翼翼地溜上二楼。回到自己的房间后，她迫不及待地打开装着规则奶糖的盒子。

盒子里有两块方形奶糖。奶糖都裹在奶油色的纸里，看起来软绵绵的，还散发出浓浓的香味。光是闻味道，香里奈就觉得这两块奶糖一定非常好吃。

然而不知为何，香里奈却完全不想吃，就连尝一尝的想法都没有。她明明最喜欢吃奶糖。

香里奈有些疑惑地继续在纸盒里翻找。点心店的那个阿姨叮嘱过她，一定要仔细阅读里面的说明书。

香里奈终于找到一张折成小方块的说明书。她展开说明书，读了起来：

规则奶糖能够让他人遵守您制定的规则。先从包装纸中取出奶糖，让您希望能遵守规则的人吃下。然后，在包装纸上写下您制定的规则。如此一来，吃下奶糖的人就一定会遵守这项规则。

如果真能这样就好了，香里奈心想。稳妥起见，她又将说明书翻了过来，果然，背面还有一段话：

由于只有两块奶糖，因此您只能制定两项规则。请注意，两项规则不能相同。如果您没有遵守这个要求，规则就会在先吃下奶糖的人身上失效，而且您想让他改掉的毛病将比之前严重十倍。

看到这里，香里奈不禁有些害怕。

“严重十倍？太可怕了！我一定要谨慎使用！”

奶糖的使用方法已经掌握了。不知道是不是真的有效果，总之先试试吧。

香里奈仿佛抓住了救命稻草一般，连忙拿出一块奶糖跑到一楼。

惠那还没消气，正在向妈妈大倒苦水，诉说爸爸的不是。而爸爸此刻正躺在沙发上，也许他也很纳闷，不理解女儿到底为何如此愤怒。爸爸像个小孩子一样，正噘着嘴闹别扭呢。

香里奈走到爸爸身边，若无其事地说：“爸爸，吃奶糖吗？”

“嗯？你难得主动给我吃的。”

“嗯，姐姐跟您吵架了，我觉得您很可怜。给，就是这个。”

香里奈剥开规则奶糖的包装纸，将奶糖递给爸爸。

爸爸一把抢走奶糖，扔到嘴里。接着，他的眼睛瞪得圆圆的。

“真好吃！太好吃了！”

爸爸兴奋极了。然而下一秒，他便露出一副可怜兮兮的样子，恳求香里奈："再给我一块吧。"

"没有了，只有一块。"

"什么？肯定还有吧？别这么小气，再给爸爸拿点儿。就一块，一块就行。"

"我都说了，真的只有这一块。"

香里奈丢下胡搅蛮缠的爸爸，迅速跑回自己的房间。她怀着激动的心情，在桌子上将那块奶糖的包装纸展开。

展开后的包装纸比预想中的大，上面写着："（　　）的时候，（　　）。"看来需要在括号里填入内容，形成一条规则。

深思熟虑之后，香里奈拿起笔，在括号里填入文字。

"吃完属于自己的饭菜的时候，必须立刻放下筷子。"

这是香里奈和其他家庭成员对爸爸说过成千上万次的话。

到目前为止爸爸从未做到过。希望这块奶糖有用！

香里奈带着祈祷般虔诚的心情，小心翼翼地把写着规则的包装纸放进抽屉。

因为今天是妈妈的生日，晚上香里奈一家决定去附近的饭店吃饭庆生。

每个人都点了自己喜欢的菜。菜一道道端上来，餐桌上却弥漫着紧张的气氛。香里奈、惠那和妈妈都仔细提防着爸爸。

香里奈身体前倾，防止爸爸抢走自己的汉堡肉饼；姐姐惠那用左手握着餐刀，似乎在守护自己的焗饭；妈妈则盯着爸爸，目光仿佛在说：“如果你在外面丢人现眼，我绝对不原谅你！”

然而，令她们没想到的是……

今晚的爸爸与以往不同。不慌不忙地吃完自己的那份牛排饭后，他心满意足地说：“我吃饱啦。”

当然，根据以往的经验，香里奈三人并没有放松警惕。

没想到，蛋糕和冰激凌等甜点端上来后，爸爸也没有多看一眼。若是放在以前，爸爸肯定会说“我只吃一口”，然后便挖下一大勺，接着就会把整份都抢走。

妈妈有些担心地问道：“我说……你是不是身体不舒服啊？要是哪里难受的话，咱们现在就去医院吧。”

“嗯？为什么这么说？”

“因为……你今天的饭量还没有往常的一半大……”

“嗯，我今天感觉吃这么多就可以了。我已经吃得很饱了，也没有之前那种想不停地吃下去的冲动。”

“还是去医院看看吧。”

“没事，没事。从今天开始，我会注意控制自己的饭量。我不想再因为吃得太多惹你们生气了。”

听到爸爸的话，惠那惊讶不已，她小声对香里奈说道：

“你听见了吗？爸爸说他要控制饭量，这简直令人难以置信。”

“是啊……不过，这是好事啊。”

“当然是好事，可是……怎么感觉像地震前或者暴风雨来临前的宁静一样。”惠那忧心忡忡地说。

如果没有规则奶糖，恐怕香里奈也会有这种担忧，但香里奈知道原委。她激动地在心中暗暗欢呼：

“原来奶糖真的有用……哇，规则奶糖太厉害了！”

香里奈慢悠悠地品尝起冰激凌。像这样悠闲地品尝

甜点，对她来说还是人生第一次。想到这里，香里奈更激动了。

“只是……规则奶糖的效果能持续多久呢？如果爸爸明天又变回去，那就太可怕了。”

事实证明，香里奈的担忧是多余的。从那天开始，爸爸的食欲一直控制得很好。

家里的气氛变得明朗起来，妈妈也露出了笑容。最重要的是,吃饭终于变成一件平和而幸福的事。在此之前，香里奈家的一日三餐可以称得上“食物争夺战”，香里奈和姐姐、妈妈从未感受过品尝美食的快乐。

“哇，好幸福啊！”

香里奈发自内心地感谢规则奶糖。

然而……

一个让香里奈烦恼的新问题出现了。

一天晚上，香里奈因为口渴醒来。她来到一楼，想给自己倒点儿水喝，没想到爸爸和妈妈坐在一楼的餐桌旁，正在小声讨论什么。

爸爸妈妈的表情非常严肃，香里奈下意识地藏在门后，偷听他们谈话。

“也就是说……你哥他们真的要离婚了？”

“是啊。大嫂好像是认真的。他们家孩子生病了，大嫂给孩子煮了点粥，没想到我哥连给孩子煮的粥都喝得一干二净。他还说，他想吃就吃，不觉得自己哪里做得不对。大嫂忍无可忍，所以才提出离婚。”

“我很能理解她的心情。”妈妈频频点头，“我也有好几次觉得忍不下去了。要是你没有恢复正常，或许我们也会离婚吧。不过话说回来……你们两个还真是亲兄弟，都这么贪吃。你们到底为什么这么贪吃啊？”

“不，你听我解释。”爸爸慌忙辩白。

“一开始只是我哥有问题。他从小就像吸尘器似的，不管餐桌上摆着什么食物，都要一股脑地塞到嘴里。我的食物每次都会被他抢去吃掉。我经常饿肚子，所以才渐渐变得一吃就停不下来。”

“你别把问题都推到别人身上。”

“哎呀，我说的都是真的。我哥吃起东西来真的很可怕。”

“如果真是这样，他们离婚这件事恐怕没有挽回的余地了。”

“唉，我哥的确做得不对……我有件事想问问你，你们真的那么讨厌别人把自己的饭吃掉吗？如果别人说是因为你们手艺好，所以才把饭菜全都吃光，你们听了难道不高兴吗？”

听到爸爸的话，躲在门后偷听的香里奈撇了撇嘴。虽然在规则奶糖的帮助下爸爸改掉了贪吃的毛病，但没想到他似乎仍不明白家人生气的原因。

妈妈听了也很惊讶。但她没有发火，反而好脾气地解释起来，就像给小孩讲道理一样。

“如果别人说我做的饭好吃，我当然很高兴。但你仔细想想，你的所作所为让我和孩子们天天饿肚子啊。只要你坐到餐桌旁，食物很快就被你一扫而光，你连一粒米都不给我们留。全家人只有你心满意足地打着饱嗝。我真的非常伤心和失望，觉得你不为家人着想，毫无气度。”

“……”

“你可能只是想吃多少就吃多少，但我也有我的想法，我也想踏踏实实吃顿饭，想让孩子们踏踏实实吃饭。”

“对不起……”

爸爸羞愧地低下了头。他终于意识到自己一直以来的行为给家人带来了多么大的伤害。

爸爸可真迟钝啊。不过，没想到伯伯比爸爸还贪吃。

香里奈又担心起伯伯和伯母。

现在回想起来，每次去伯伯家，爸爸总是刻意避开吃饭时间，一定是怕伯伯在餐桌上抢走他的饭吧。怪不得大家到现在都不知道伯伯有这个毛病。太郎弟弟好可怜啊。

太郎是伯伯家的老二，今年才四岁。他是个爱撒娇的小孩，平日里总黏在伯伯伯母身边。要是伯伯伯母离婚了，太郎弟弟一定会非常难过。

香里奈觉得胸口一阵疼痛。

她很想为伯伯一家做点儿什么，但她不能再用规则奶糖了。如果使用规则奶糖制定同样的规则，爸爸就会变回原来的样子。不对，不止如此，爸爸会比以前贪吃十倍。

想到这里，香里奈不由得打了个寒战。无论如何，我都不能让这种情况发生。可是，我真想做些什么帮帮伯伯一家啊。

怎么办才好呢？香里奈很苦恼。

几天后，伯伯来家里找爸爸，商量离婚的事情。伯伯脸色憔悴，整个人消瘦了不少，香里奈觉得伯伯很可怜。

我还是应该使用规则奶糖吧？不行，不行，绝对不行。可如果我坐视不管，伯伯就真的要离婚了。

就在香里奈在房间里绞尽脑汁的时候，姐姐惠那进来了。

“伯伯家的事，你听说了吗？”

“嗯，听说了……太郎弟弟好可怜啊。”

“是啊。不过，我倒是很理解伯母的心情。咱们的爸爸从前不也这样吗？虽然现在已经改了，但那种强烈的食欲真的很难控制。如果我是妈妈，肯定早就和爸爸离婚了。”

“是啊……”

“如果伯伯也能像爸爸一样突然改变就好了。只要他改掉贪吃的坏毛病，伯母肯定不会跟他离婚的。”

香里奈点了点头。

是啊，姐姐说得没错。而且，我现在就有能帮助伯伯的法宝。可是，我有法宝却不能用，真是急死人了。

看着香里奈愁眉苦脸的样子，惠那叹了口气，继续说道：

“我觉得伯伯和爸爸一模一样，他们根本不理解别人为什么生气，也不觉得自己做错了什么。就是因为这样，他们才会反反复复地犯同样的错。比起故意找碴，这种不以为意的态度反而更让人生气。”

惠那无心的一段话，在香里奈心里激起了波澜。

没错！就用这个办法！

“姐姐，谢谢你！”

“嗯？什……什么？”

“我先下楼一趟！我要去鼓励一下伯伯！”

香里奈找出剩下的那颗规则奶糖，兴奋地跑到一楼。

伯伯正坐在客厅的沙发上，看起来非常沮丧。

“伯伯，打扰一下。”

听到香里奈插话，爸爸赶紧说：“香里奈，现在爸爸和伯伯有很重要的事情要谈，你先去别的地方玩吧。”

“对不起，我马上就走。您能先把这个吃了吗？伯伯，您不是一直都很喜欢吃奶糖吗？这是我专门给您留的。很好吃，快尝尝吧。”

“嗯……谢谢你。”

尽管心情沮丧，但伯伯依然食欲旺盛。他立刻把规则奶糖放到了嘴里。

盯着伯伯吃下奶糖后，香里奈赶紧回到自己的房间，在奶糖的包装纸上写下这样一句话：

“惹家里人生气的时候，同样的错误不再犯第二次。”

从那以后，伯母再也不提离婚的事了。

多川香里奈，女，七岁

平成二十九年的五百元硬币

断舍离丸子

有一个词叫“断舍离”。它的意思是舍弃不需要的物品，放下对物品的执念和占有欲，摆脱无论什么东西都“暂且留下”的念头。

这种生活态度本身是好的，但有些人矫枉过正，忽视了人们提出这个理念的初衷和用意。

你看，这里就有这样一个人——

铃惠环视自己的家，露出了满意的笑容。地板亮得能照出人影，沙发刚刚也扔掉了，空荡荡的客厅看上去又大又敞亮，就像样板间一样整洁。

铃惠给客厅拍了张照片，上传到社交平台，并配了一句话：“把沙发扔掉啦，客厅好干净！”刚发布不久，她就收到了很多条评论。

“好厉害啊！”

“真干净，我也要尝试断舍离！”

“不愧是断舍离女王！太酷了！”

网友们对铃惠的夸奖如潮水般涌来。看着这些评论，铃惠高兴极了。

铃惠最近沉溺于一种新的生活方式——断舍离，即只保留最低限度的、足够维持生活的物品，其他物品则丢掉或送人。她之所以会变成这样，还是因为半年前的那场大扫除。

大扫除时，铃惠整理出了很多旧衣服和旅行纪念品。那些东西就算再放很多年也用不到，她便果断地把它们都扔掉了。之后，铃惠把这件事写下来发到了社交平台上。这原本是无心之举，她却意外地收到了很多正面的评论。

铃惠一直认为自己只是一个三十三岁的再平凡不过的家庭主妇，所以，得到那么多人的赞美和崇拜，对她来说简直如太阳打西边出来一般。

我想得到更多的崇拜，想让更多的人觉得我了不起。为了实现这个目标，我要扔掉更多的东西，成为人人称赞的生活达人。

在这种想法的支配下，铃惠开始不断清理家里的东西。

“平底锅不要了，只要留一口大一点的锅就足够了。垃圾桶留一个就够了吧？还有……洗衣机也可以不要，过去的人不都手洗衣服吗？如果用泡澡水洗衣服，水费和电费都能省不少，简直是一箭双雕啊！”

现在，每天都有几十万人浏览铃惠在社交平台上发布的内容。粉丝们称她为“收纳专家”“断舍离女王”，还有杂志社采访她。铃惠觉得自己成了大明星，得意得忘乎所以。

然而，铃惠的丈夫真吾越来越无法理解她的行为。起初，真吾还会称赞铃惠：“哇，你把家里整理得真干净！住在这样的房子里，心情都变好了。”可最近一段时间，真吾明显有点儿厌烦了。

晚上，真吾回到家，走进客厅后，突然僵在原地。

“你把沙发扔了？！……那我们以后坐在哪儿？”

“直接坐在地板上不就好了？我每天都打扫卫生，地板很干净。”

收纳专家
断舍离女王
生活方式

“可坐在硬邦邦的地板上看电视，完全达不到放松的目的啊……”

“啊，既然这样，那就把电视也扔了吧。反正电视台净放些无聊的电视剧，而且，如果没有电视，我们就有更多的时间聊天了。你说呢？这样一来，我们的生活会更加充实！我决定了！就这么办！”

看着情绪高涨的铃惠，真吾叹了口气。

“怎么了？你为什么叹气？”

“好吧……你想怎么办就怎么办吧。只是有一条，你绝对不能扔我的东西，也不能进我的书房，你能答应吗？”

“知道了，知道了。你都说过多少遍了，放心吧。我们去洗手吃饭吧！”

“毛巾呢？”

“扔了。我把你的旧T恤剪了当毛巾用。这没什么吧？反正都已经变形了，上面还有很多洗不掉的污渍。虽然也可以直接扔掉，但剪成小块就可以当毛巾或者抹布用。用过一次再丢掉就好了，这样既方便又卫生，多好啊。”

“……”

真吾什么也没说。铃惠想，丈夫一定是明白了自己的良苦用心。

“这就对啦。把不需要的东西从生活中剔除出去，这样的生活方式真的太棒了。况且，我这么勤俭持家，也是在帮你省钱啊。”

铃惠对断舍离的热情与日俱增。

终于有一天，铃惠还是忍不住打起了丈夫书房的主意。她站在书房门口，心想：真吾的书房里肯定乱七八糟地堆了很多东西。

真吾是某部漫画作品的忠实粉丝，他从结婚前就在收集那部作品的周边产品，书房里早就摆满了收藏品。

家里竟然有一间自己没有整理过的房间，这让铃惠难以忍受。

而且，除了书房，家里已经没有需要清理的房间了。今天就来收拾书房吧。我不扔东西，只是把书房里的东西收拾整齐，真吾知道了也会高兴吧。

就这样，铃惠违背了“绝不进入真吾的书房”的约定。

可是，一旦开始动手整理，铃惠心中想扔东西的念头就越来越强烈。

“真是的……净是些没用的东西。”

在铃惠眼里，真吾书房里所有的东西都像垃圾一样，没有任何用途。

啊，如果能一口气把这些东西都扔掉该多好啊！

这张海报好脏，这个橡胶手办也是……应该不重要吧？既然放在柜子深处，那就意味着没什么用了吧？

这么多东西，就算扔掉一两个，真吾也发现不了。既然他发现不了，就说明这些东西并不重要，那么扔掉也无所谓吧。

铃惠用这一套逻辑说服自己后，又违背了“绝不扔真吾的东西”的约定。

然而，事情并不像铃惠想的那么简单——真吾很快就发现铃惠做了什么。他暴跳如雷，铃惠从未见过他如此生气的样子。

“我跟你说过多少次了？！你都做了些什么啊！你太过分了！”

平日里温柔谦和的真吾，现在竟然气成这样。铃惠吓坏了，连忙向他道歉。

“对不起，我以为那些东西你肯定不要了……我帮你重新买回来，在古董店或者拍卖集市上应该能买到吧？”

真吾却冷漠地拒绝了铃惠的道歉。

“重点不在这里。你还不明白吗？你扔掉我珍贵的收藏品当然令我难过，但我更生气的是，你竟然违背我们之间的约定，随意扔掉我的东西。我明明跟你说过很多次……你有你的道理，我也有我的想法，我觉得你已经疯了！我受够你了！”

“啊，等……等等！你要去哪里？”

“我现在不想看见你，我去住酒店。”

“等等，真吾！”

真吾无视铃惠的挽留，重重地摔上门，离开了家。

铃惠独自留在家里，呆呆地瘫坐在地板上。

没有遵守和真吾之间的约定确实是我不对，但我也是好心啊……而且我都那么诚恳地道歉了，真吾竟然不原谅我……

铃惠有些失落，随即心中升起一团怒火。父母家就在附近，铃惠决定去跟妈妈诉诉苦。

没想到，听完铃惠的讲述，妈妈竟然也瞪着眼睛责怪起她来。

“你都做了些什么啊?!难怪人家真吾那么生气。”

“可……可是，他就这样离家出走，难道不过分吗?我明明跟他道歉了啊。”

“你以为这件事是随随便便就能原谅的吗?如果换成我，我也会离家出走。算了，等他回家了你好好跟他道歉吧。必须好好道歉，知道了吗?”

“知道了……对了，妈妈，你不觉得你屋里的东西太多了吗?不如我帮你收拾一下?”

“我看你还没意识到自己错在哪里!竟然还想扔我的东西!你想都别想，赶紧回去!”

铃惠几乎是被妈妈赶出去的。走在回家的路上，她气鼓鼓地小声嘟囔着:

“网上有那么多人支持我……我的家人反而不理解我，真是的。我明明这么努力。他们太过分了……怎样才能让真吾明白断舍离的好处呢?”

铃惠一边生气一边往家走。走着走着，她竟然迷了路，误入一条陌生的小巷，最终来到一家古朴的店铺门前。

“这是什么?点心店……在这么偏僻的地方开点心

店，恐怕没什么客人吧。”

不，不，点心店什么的与我无关。我应该赶快回家，想想怎样才能修复和真吾的关系。

铃惠心里这么想着，身体却不听使唤。不知为何她就是挪不动脚。这家名叫钱天堂的点心店就像一块吸铁石，牢牢地吸引着铃惠。

当铃惠回过神时，她已经站在店里了。

店里到处是点心和玩具。货架上摆满了商品。柜台上放着许多瓶瓶罐罐，里面的水果糖和软糖满得都快掉出来了。柱子上挂着成捆的贴纸。各式各样的风筝和面具乱糟糟地从天花板上垂下来。

铃惠向来最受不了这种凌乱的地方，可是此刻，她却没有收拾的冲动，因为这些商品正散发出难以名状的魅力。

“哇，这是什么？慌张棉花糖、猛兽饼干、道歉方便面、好搭档海带……哇，太有意思了！”

铃惠看得眼花缭乱，甚至忘记了时间的流逝。就在这时，店主从里间走了出来。她自称红子，是一个像相扑运动员一样身材高大的女人。红子浑身散发着神秘的气息，和这家店的氛围完美契合。

“欢迎光临，今天的幸运客人。请问您的愿望是什么呢？”

“愿……愿望？”

“是的。本点心店名为钱天堂，是为了实现客人的愿望而开的……您是不是有什么烦恼？”

“是的……我和丈夫吵架了。”

“这样啊……那您是否需要能帮助您和丈夫重归于好的商品？比如友爱棒之类的，我现在就帮您找出来。”

铃惠闻言笑了。

“‘友爱棒’？这个名字可真有意思，可我不需要这种东西。我想我很快就能跟我的丈夫和好。相比之下，我更希望我的丈夫能喜欢上整理房间！”

铃惠语气轻松，似乎是在开玩笑，可红子却一脸严肃地点了点头。

“那么，您觉得这款收纳蛋糕怎么样？”

“嗯……”

铃惠看着红子放到柜台上的点心。

那是一块装在透明盒子里的圆形蛋糕，上面撒了一

棉花糖
神将卡
狼
稻荷仙贝

层雪白的砂糖，样式简单却十分诱人。可铃惠并不想要这块蛋糕。

红子敏锐地察觉到了铃惠的想法，补充道：

“您还不知道这款点心的用处吧？我向您保证，您的丈夫只要吃下这块蛋糕，就会变成一个喜欢整理房间的人。”

“嗯……我想要的不是这个。”

说到这儿，铃惠才意识到自己想要的究竟是什么。

“我并不希望我丈夫爱上整理房间，我希望他愿意扔掉不需要的东西。我希望他和我一样，成为一个热爱断舍离的人。”

“啊，原来是这样。如果您的愿望是这个，那么这款收纳蛋糕确实不适合您。您看看这个怎么样？”

红子将收纳蛋糕收起来，又拿出一款点心——一串年糕丸子。

三个圆圆的白色丸子串在一起，看上去平平无奇，可铃惠的目光却死死地黏在这串丸子上。她觉得这串丸子的魅力比钱天堂里其他商品的都强大。

我想要这个！

看到铃惠的表情，红子笑了。

“这是断舍离丸子，食用者会变成一个擅长断舍离的人。只是，本产品效果极强，请您……”

红子叮嘱了许多，但铃惠一个字也没听进去。她的注意力全部集中在眼前这串断舍离丸子上面了。

等终于回过神时，她才发现自己已经回到家中了。

“咦……我是什么时候回来的？”

一些记忆碎片逐渐在脑海中浮现。自己先是按照红子的要求，用一枚昭和五十八年[1]的一元硬币付了款，然后小心地捧着断舍离丸子离开了钱天堂。走出点心店后，她瞬间便回到了熟悉的街道上。

但这些记忆都已经变得模糊极了，刚刚发生的一切宛如一场不真实的梦。

“可是……我的确遇到了红子，断舍离丸子就在我手里呢。”

没错，断舍离丸子正被铃惠紧紧地握在手里。

铃惠愈发觉得这是一款神奇的点心。哪怕只是这样

1　昭和是日本第124代天皇裕仁的年号，使用时间为1926年12月25日—1989年1月7日。昭和五十八年即1983年。——编者注

注视着它，铃惠都会心跳加速。

尽管如此，铃惠并没有吃掉它的想法。

无论如何都得让真吾吃下这串丸子。可他什么时候才肯回来呢？他只说要去住酒店，可我不知道他住在哪家酒店，要怎样才能把断舍离丸子给他呢？

铃惠苦恼极了。

这时，大门开了，有人回来了。

“真吾？”

铃惠连忙跑到玄关。

的确是真吾回来了。可他看都不看铃惠一眼，只冷冷地说：

“我回来取一些换洗的衣服。明天还要上班，我拿完衣服就走。”

“等等！你听我解释！”

“不好意思，我现在不想看见你。”

铃惠拦在真吾面前。

“对不起，真的对不起，我真的反省过了。我保证不再犯同样的错。要是你不喜欢的话，我以后再也不在社交平台上更新个人动态了，也不过断舍离的生活了。原谅我嘛！坐下来一起吃点心，好不好？有什么话待会儿再说！”

“点心？”

“是啊。我……我给你买了串年糕丸子。你不是很喜欢吃年糕吗？你走之前至少把这串丸子吃了，好不好？”

真吾不知铃惠葫芦里卖的什么药，但他懒得与铃惠继续纠缠下去。于是，他接过断舍离丸子，干脆地大口吃起来。

丸子一入口，真吾就变了脸色。

“真好吃。”

“是吧？”

“嗯。这串丸子……很好吃。”

咽下最后一个丸子时，真吾的神情已经变得平静、淡然。

铃惠目不转睛地凝视着真吾。

老天爷呀，求求你，把他变得和我一样吧。这样一来，我们就可以一同享受断舍离的生活了。既然我是“断舍离女王”，那真吾就叫“断舍离之王”吧。这名字真不错，我们俩一定会红遍网络的。

铃惠期待地看着真吾。过了一会儿，真吾终于与铃惠对视，缓缓说道：

“你说的有道理，我不应该执着于某样物品。不需要的东西必须扔掉。”

“没错！就是这样！你终于理解我了！”

铃惠频频点头，眼里涌出激动的泪水。

“我太高兴了！那从今天开始，你和我一起断舍离吧。刚开始可能会有些犹豫，但只要下定决心，就一定能成功。作为你的前辈，我会好好指导你的。”

“‘只要下定决心’……是啊，我也要下定决心断舍离……但我不想和你一起过这样的生活。”

“什么？！”

铃惠有些摸不着头脑。真吾没再说话，而是径直走进房间，将衣服和工作要用的东西都塞进了一个大号行李箱。

“喂，喂，真吾？你在干什么？”

“当然是在筛选对我来说必不可少的物品。嗯，这些就够了。剩下的东西你随意处置吧。这套房子也是你的了，你想卖掉也行，想继续住下去也行，一切你说了算。”

“等等！你在说什么！你说得就像……就像你要离开这个家似的。”

“没错，我要走了，再也不回来了。”

望着真吾淡漠的样子，铃惠一时说不出话来。过了好一会儿，她终于从嗓子里挤出一丝声音。

“为……为什么啊？你不是已经了解断舍离的好处了吗？”

“是啊，所以我在断舍离啊。我不需要一个若无其事地把我珍藏的东西扔掉的妻子。我不需要这么任性妄为、不为别人着想的妻子。”

真吾留下一句“再见”便走出了家门。他走得很决绝，没有一丝后悔和眷恋。

铃惠被这突如其来的变故吓到了，她甚至无法迈开步子追出去。

铃惠打量着这套房子。

真干净啊，什么都没有……现在，就连真吾都不在了。

一阵强烈的寂寞感涌上心头，铃惠无力地瘫坐在地板上。

“为什么……怎么会变成这样……”

铃惠知道自己把事情搞砸了。她绞尽脑汁，也没想明白到底是哪里出了问题。她沉浸在无尽的后悔中。

早知道事情会变成这样，我绝对不会给真吾吃断舍离丸子。

就在铃惠陷入后悔的情绪中无法自拔时，点心店里，红子正盯着一个小玻璃瓶。瓶子里放着一枚一元硬币，硬币正微微颤动，仿佛拥有了生命。

下一秒，硬币突然一跃而起，变成一只瞪着大眼睛的、黑乎乎的不幸虫。

看到硬币的变化，红子叹了口气。

“唉，果然如此。我就知道会变成这样……断舍离丸子是一种威力极强的商品。我向客人建议过，给她丈夫食用时,吃一个或两个就够了……客人当初如果听我的，购买能够与丈夫重归于好的友爱棒就好了。”

说着，红子打开装不幸虫的玻璃瓶，让它飞走了。

樱岛铃惠，女，三十三岁

昭和五十八年的一元硬币

在某个房间里

天才学者六条教授正坐在自家的书房里。

书房里没有用任何鲜花和摆件装饰，除了书桌和电脑，就只有大量的图书，整个房间透着一股肃杀之气。

这像极了六条教授本人的气质。他虽然外表看起来极具绅士风度，其实毫无人情味，眼中只有骇人的冷酷。

此时已接近午夜，但六条教授仍毫无倦意。他飞快地敲击着键盘，把头脑中那些关于发明创造的灵感记下来，一刻也不停歇。

研究所着火，最终付之一炬，六条教授也重度烧伤。他目前还得坐轮椅，但再过不久将彻底恢复。

“必须立刻恢复所有力量……新计划推进得很顺利，新研究所的施工也接近尾声了……”

六条教授正低声盘算时，电话突然响了。

他接起电话。

“喂……啊，是藏木啊。我正想着你该打电话过来了。怎么样？那个年轻人肯为我们做事吗？目前有几个目标愿意把钱天堂的力量……什么？你说他一个人都没接触到？怎么回事？”

六条教授的脸色瞬间阴沉下来。对方似乎感受到了他的愤怒，汇报的声音颤抖起来。

“我……我也不太清楚……啊不，泷宫他……他的确在努力尝试，风祭也在帮忙。不过据风祭汇报，只要泷宫一靠近目标，就会出现奇怪的干扰因素。”

“奇怪的干扰因素？”

“是的。每当他要外出，总会发生奇怪的事，不是电车在半路停滞好几个小时，就是突然刮起龙卷风导致出不了门。今天，泷宫又被野狗追了一路，脚还被咬伤了。他本来差一点儿……差一点儿就到一个目标人物家了。”

“原来是这样。那在二手商店看到的那匹摇摇马呢？送到泷宫那里了吗？”

“那……那个……还没有……摇摇马在配送途中突然丢了，目前还不清楚丢失的原因。”

“……”

“因为总有这样那样的意外发生，所以到目前为止，泷宫还没能接近任何一个目标人物。”

“这样下去可不行……藏木，接下来的工作不要再交给别人了，你亲自去帮泷宫。”

“是，我也是这样计划的，我只是想先把目前的情况向您汇报一下。”

“好，那拜托你了。”

挂掉电话后，六条教授眉头紧蹙。事情竟然没有如他计划的那样顺利进行，这让他心里很不舒服。

“反复出现干扰因素，至今无法接触目标人物？真的会有这样的巧合吗？是不是红子在破坏我的计划？不，不可能。那个女人自以为已将我彻底击溃，早就放松警惕了。更何况，她怎么可能预知我的计划呢？”

对于这一点，六条教授颇有信心。

“我要让那个年轻人得到能够摧毁钱天堂的各种力量，让他成为最强的超能力者。然后我就可以操纵他，给钱天堂以致命打击……除了我之外，只有藏木和风祭知道这个计划，他们两个不可能出卖我。”

正因如此，计划受阻这件事实在太奇怪了。到底发生了什么呢？

六条教授飞快地转动着他的天才大脑，思考如何走出眼前的困境。

豁达花生

我每天都提心吊胆，看别人的脸色生活，活得简直就像一只老鼠！十四岁的小春气鼓鼓地想。

这个人是不是对我不耐烦呀？我有没有惹那个人生气呢？……

小春每天都在琢磨这些事情，这让她感到疲惫不堪。

在同学们的眼里，小春是一个亲切、善于察言观色、总为别人着想的女孩。可事实上，小春胆子很小，也根本不擅长与人交往。她总是把别人的感受放在第一位，以至于无法说出自己真实的想法。她的确与人为善，却没有一个知心好友。

小春发自内心地讨厌自己这副样子。

“如果我能变得像八十岛同学那样就好了。”

小春班里有一位名叫八十岛优树菜的同学。她平时独来独往，自信大方，就像一匹骄傲的孤狼。

当然，班里也有人很不喜欢她，比如真绫和她的跟班们。

真绫与优树菜行事风格完全相反。真绫无论做什么，都习惯拉几个人一起。因此，真绫觉得优树菜狂妄自大。

真绫和她的跟班们开始隐晦地欺负优树菜。她们要么对优树菜视而不见，要么一边盯着优树菜，一边坏笑着说悄悄话。

然而，优树菜对这些伎俩完全不予理会。

恶作剧失败引发的不甘让真绫等人萌生出更多的恶意。

“优树菜那家伙一天到晚在想些什么啊？总是一副自以为是的样子。”

“我们把她正在看的书藏起来吧，这样她一定会着急的！”

“好主意！就这么办！要不，顺便把她的笔袋也藏起来？我们这样会不会太过分了？”

“这点小事算什么！小春，你也赞同吧？你也想看到那家伙着急的样子吧？”

“啊……嗯。”

小春并不想在班里惹是生非。她虽然可以对真绫等人的话置之不理，但根本不敢这样做。如果被真绫她们几个排挤，那就太可怕了。

即使被真绫等人针对，优树菜也如往常一样。小春真的很羡慕她拥有这样的心胸。

如果我也有这样的勇气就好了。如果我也能心胸开阔，毫不在意别人的言行，那该多好啊。

后来……小春的心愿居然实现了。

一天放学后，小春莫名走进了一条小巷，还进入了小巷尽头一家名叫钱天堂的点心店。她在那里遇到了一个像相扑运动员般高大的女人。

女人周身散发出强大的气场。她一头白发，发髻上插着几支琉璃簪，身穿紫色和服，艳红的嘴唇勾出自信的笑容。

啊，这个阿姨一定不在乎别人如何看待自己。

小春觉得有些眩晕。女人自称红子，温柔地问小春有什么愿望。若是放在平时，在点心店被问到这种奇怪的问题，小春一定会手足无措。她还会疑惑对方为什么要问这种问题，到底在打什么算盘。

然而在那一瞬间，小春却坦白了自己的心愿。

“我平时很在意别人的想法……我想变得豁达些。”

说完，小春心里一惊。这是她第一次向别人倾诉自己真实的想法。

不安的情绪立刻涌上心头。

这个阿姨会怎么想呢？我竟然有这种愿望，她会不会认为我是个又傻又可怜的小孩？

看着小春苍白的脸色，红子只是点了点头。

“原来是这样啊，那我向你推荐堂堂正正甜甜圈……等等，我觉得豁达花生可能更适合你。”

小春从没听说过这种东西。可不知为何，她的心脏突然快速跳动起来。待看到红子递过来的点心，小春瞬间就被牢牢地吸引住了。

点心盒是花生形状的，大小跟柠檬差不多。中间凹进去的地方系着一个蝴蝶结，上面挂着一张标签，写着“豁达花生”四个字。

“这就是豁达花生，里面装的是用花生碎和奶糖制成的牛轧糖。它能给食用者带来豁达坦荡的心胸，味道很不错。你觉得如何？”

“我要买！”

小春很会看别人的脸色，所以她知道，红子绝没有欺骗自己。既然红子这么说了，这款点心就一定拥有这样神奇的力量。

“价格是一百元，请用平成七年的一百元硬币支付。”

小春本想问为什么，转念又把话咽了回去。

要是说了什么不该说的话把这个阿姨惹生气就糟了，没准她就不愿意把豁达花生卖给我了。

因此，小春什么也没说，迅速拿出零钱包翻找起来。她的运气很好，钱包里刚好有一枚平成七年的一百元硬币。就这样，她买到了豁达花生。

小春激动地走出钱天堂。她打算回家之后再踏踏实实地品尝豁达花生。红子叮嘱过，一定要先仔细阅读标签上的说明再吃，所以小春决定回到自己的房间后再慢慢享用。

这样想着，小春加快了脚步。然而，就在快要到家时，她遇见了真绫和她的跟班们。

“啊，小春！你来得正好。我们和户波中学的朋友约好了一起去看电影，然后去吃饭，但我们这边有个人临时有事去不了了。”

“这样啊……”

“我们已经跟对方说好去六个人，现在只去五个人的话不太好。你跟我们一起去吧。”

“没准还能交到新朋友呢！怎么样，小春，你肯定会去吧？”

小春一时语塞。

要是按她真实的想法，小春肯定会直接拒绝。

只是为了帮她们凑人数，就要和根本不认识的人一起看电影、吃饭，我才不愿意呢。更何况，我现在只想赶快回家吃豁达花生。

为了不惹真绫等人生气，小春摆出一副充满歉意的样子，鼓起所有勇气说：

“对不起，我今天一分钱也没带，没办法和你们去看电影、吃饭。下次再有机会的话，我一定参加。”

然而，真绫等人没有接受小春的说辞。

“钱的话别担心，我们请客。”

“是啊，是啊，你只要跟我们一起去就行了。”

“肯定会很好玩的！去吧，一起去玩吧……怎么，难道你不愿意？”

小春发现真绫的眼神突然冷了下来，她不由得打了个哆嗦。

太可怕了，太可怕了！如果我继续拒绝，她们一定会讨厌我的。那真的太可怕了。啊，可是，我好想拒绝她们啊。干脆现在就把豁达花生吃了吧，没准吃下之后我就能直接说出拒绝的话了。

犹豫再三，小春最终还是没有吃。如果现在把豁达花生从书包里拿出来，真绫她们一定会问那是什么点心，还会要求分一口尝尝。

与其那样，不如再忍几个小时，先陪她们一起去吧。这是最后一次了。等到晚上吃下豁达花生，我就能够按照自己的想法自由地生活了。

这些想法飞速从小春的脑海中掠过，她最终还是笑着说：“既然这样，我也没法再拒绝了。那我就跟你们一起去吧。”

“太好啦！”

“那我们走吧！”

小春跟着真绫等人向市中心走去。

那之后的几个小时里，小春一直如坐针毡。他们选的电影小春并不喜欢。户波中学的那帮人里还有几个大大咧咧的男生，吃饭时他们在那里吵吵嚷嚷个不停。

我到底在干什么啊？小春打心眼里感到后悔。

可是，即使心里觉得十分无趣，小春面上依然和颜悦色，装出一副开朗的样子与大家说笑。

啊，好想早点儿回家啊。我想回家吃豁达花生——现在小春的头脑中只剩下这一个想法。

户波中学的一个学生看到小春这个生面孔，怕她尴尬无聊，于是不时跟她聊天，询问她的兴趣爱好。可对方表示亲切的举动却让小春更加苦恼了，因为真绫不喜欢别人成为聚会的焦点。

小春注意到真绫的目光越来越尖锐，决定早点儿离开。

“已经这么晚了？不好意思，我得回家了。我爸爸管得很严。”

真绫没有挽留小春。反正小春只是来凑数的，现在已经完成任务了，走了反而更好。

离开餐厅后，小春终于松了一口气。

总算能回家了。

因为想尽可能地早一点儿到家，小春决定抄近路，从河边的小路回家。天色已经暗了下来，河边的草丛里响起了小虫和青蛙的鸣叫声。

小春害怕有东西从草丛里蹿出来，慌忙加快了脚步。

突然，真的有东西蹿出草丛，撞到了小春身上。

“哎呀！”

小春受到强烈的撞击，重重地摔倒在地。

撞倒小春的是一只大狗。它拖着脖子上的狗绳，飞快地跑远了。接着，一个年轻人从草丛中跑了出来。

年轻人看到跌坐在地上的小春，急忙向她道歉。

“啊，真对不起！喂，约翰！等等，别跑！对不起！我得去追我家的狗了！喂！”

年轻人追着大狗跑了。

今天可真倒霉。小春一边想一边站起身来。这时，她才发现书包开了，教科书、笔记本、零钱包、笔袋等全都散落在地上。

“好烦啊……真倒霉。”

小春叹了口气，把掉在地上的东西一一捡起来，装回书包里。

等收拾得差不多了，小春清点了一遍书包里的物品。

“咦？”小春的脸色变得惨白。

豁达花生不见了！

小春再次把书包里的东西都倒出来查看了一遍，又看了看四周，依然没有找到豁达花生。难道我被狗撞倒的时候，它掉进草丛了？

我一定要把它找回来。小春弯下腰，在草丛里努力翻找起来。然而这并非易事。天色越来越暗，路旁的草丛就像一片缩小版的茂密的原始森林。

小春拨开一簇又一簇小草，急得快哭了。

“怎么了？需要帮忙吗？”

身后突然响起一个声音，小春回过头去。

“八、八十岛同学……”小春有些意外。

站在小春身后的正是她的同班同学八十岛优树菜。她穿着一身运动服，脖子上还搭着一条毛巾。

认出彼此后，两人都有些惊讶，最后还是小春先开口打破了沉默。

“八十岛同学，你怎么在这里？”

“我平时都在这边跑步……你在做什么？”

“我……我有东西掉在附近了，是一盒非常非常重要的点心……”

“长什么样？”

“大概这么大，包装盒看上去像花生。”

“我知道了。”

优树菜简短地回答后便走进草丛开始寻找。

“八、八十岛同学……”

“你负责那半边，我负责这半边。”

“谢……谢谢你。”

“没什么。快点儿找吧，天越来越黑了。”

“好。”

我们两个平时都没怎么说过话，八十岛同学竟然愿意帮我找东西。想到这里，小春感动得快要哭了。

八十岛同学人真好。如果换成真绫她们，绝对不会主动帮忙，甚至可能会站在一边说风凉话。但是话说回来，我真的有资格指责真绫她们吗？

小春的内心被愧疚感填满了。

她小声说：“对不起……真绫她们几个捉弄你，把你的书藏起来的时候，我没有阻拦，只是默默看着。”

“没关系，我无所谓。倒是你，总被她们盯着，一定很难受吧。”

“对不起……”

“我都说了，没关系。先集中精力找东西吧。”

“好。”

接下来，两个人谁也没有再说话，只是安静地埋头寻找。

“找到了！”

听到优树菜的声音，小春急忙跑了过去。豁达花生此刻就躺在优树菜手掌中。

“你要找的东西就是这个吧？”

“就是这个！谢谢你！太好了！”

小春接过豁达花生，把它紧紧地抱在胸前。

我不会再放手了。我要一直这样抱着它回家。

这时，优树菜问：“那个……你的点心是在哪里买的呀？”

优树菜看着小春手里的豁达花生。不，与其说是看着，不如说是目不转睛地盯着。从优树菜的表情中，小春读出了她的心声。

此时的她和走进那家点心店时的我一模一样。看来八十岛同学也想要豁达花生，可是为什么呢？如果她也被豁达花生的魅力迷住了，那就意味着……

啊，没错。

小春突然意识到，原来平日里像孤狼般冷傲的优树菜，也不擅长人际交往，因此她只能远离他人，用这种方式保护自己。她们俩看上去完全不同，但本质上是同一类人。优树菜一定也终日惶惶不安。

小春不假思索地说："这个叫豁达花生。你可能不相信，但这是一种有魔法的点心，能让人变得豁达坦荡……你也想要吗？"

"嗯。"

"那我分给你一半吧。"

"真……真的吗？"

"当然啦。就当是你帮我把它找回来的谢礼吧。"

说着，小春解开系在包装盒上的蝴蝶结，打开盖子。

盒子里放着两块又大又圆的牛轧糖。它们是用花生碎和奶糖制成的，看上去非常好吃。

小春咽了一下口水，拿起其中一块递给优树菜。

“八十岛同学，给你。”

“谢谢。”

“没什么……应该我感谢你才对。”

“你叫我优树菜吧。”

“那你叫我小春吧。”

两个人腼腆地笑了笑，一齐把豁达花生放到嘴里。

等小春回到家，仔细阅读标签上的说明后，才知道如果不按说明吃豁达花生，就会产生副作用。而且，她已经用错误的方法吃下了豁达花生。

但是，小春一点儿也不后悔。

因为豁达花生的副作用是：如果与人分食，就会与对方建立紧密的联系，两个人的命运会彼此缠绕，而且这种效果将持续一生。

如果是与性格不合的人分食，那这的确是副作用；但如果结果是与优树菜建立深厚的友谊，又怎么能算坏事呢？

以后再被真绫她们针对，我们两个就可以一起面对了……嗯，我和优树菜一定会成为最好的朋友！

怀着豁达的心态，小春开心地想。

大河桥春，女，十四岁

平成七年的一百元硬币

不痛不痛巧克力

如果让身边的人形容一下玖须原勇信，他们一定会说“他是个不折不扣的男子汉”。

勇信身高足有一米九，再加上长期练习柔道，他身体十分魁梧。

尽管外表看起来是个硬汉，但勇信一点儿也不粗鲁蛮横，相反，他爱好读书，还擅长烹饪。

勇信工作能力也很强，他既有责任心，又关心同事。因此，他不仅深受上司器重，还赢得了下属的敬仰与崇拜。在公司里，大家都称他为“大将”，他也的确名副其实。

“‘大将’听起来非常有男子气概。一定没什么能让您感到恐惧吧？”公司里的年轻人怀着崇敬的心情问道。

勇信淡淡一笑，答道：“我也没你说的那么厉害。”

事实上，下属的问话早已让勇信紧张不已。看上去无所畏惧的勇信，其实也有害怕的东西——针头。

银色的针尖慢慢靠近，接着，针尖猛地刺破皮肤扎了进去。那一刻，实则微不足道的刺痛却让勇信极度恐惧。

光是想象打针和抽血的画面，勇信就吓得面如土色，甚至呼吸困难。

抽血时有时还会出意外状况——“咦，怎么找不到血管？你的胳膊挺粗壮的，没想到血管这么难找。我以为就在这里呢。实在对不起，我稍微动一动针头。”护士说着直接挪动扎在勇信皮下的针头。那一瞬间，勇信简直吓得魂飞魄散。

其实，勇信自己也觉得有些不可思议。在柔道台上，就算受再重的伤他也能忍耐，但区区一个小针头，竟然能把自己吓成这个样子。

勇信想尽了办法，却怎么也克服不了对针头的恐惧。

打针自小就是勇信烦恼的根源，成年后更是如此。“那家伙竟然怕打针，简直像个三岁的小孩。”勇信可不想听到别人这样议论自己。

如果不得不打针，勇信就会特意跑到离家很远的医院，以免碰到熟人。

没想到，害怕打针的勇信遇到了一场巨大的危机。

一天，老板对所有职员说："想必大家都听说了，今年流感很严重。去年这个时候大家陆陆续续病倒了，公司的业务受到了不小的影响。为了防止去年的情况再次发生，今年每个人都要接种疫苗。今年的流感疫苗接种工作本周五开始，麻烦大家把周五下午的时间空出来，集体去接种。"

勇信的脸唰地一下变得煞白。

和同事们一起去打疫苗?！还有比这更可怕的事吗?！大家就要看到我打针时哆哆嗦嗦的样子，就要听到我的惨叫声了！

啊，要是让大家看到我那副模样，他们会怎么想?不行，不行，不能让他们看见，我不想打疫苗！

但老板已经安排好了，根本逃不过去。而且周五疫苗接种才开始，我也不能骗大家说我早就打过了。

那天剩下的时间里，勇信始终无法把注意力集中到工作上，他的脑海里只有打疫苗这一件事。

得想个办法才行。有没有什么方法能让我躲过去呢?

由于勇信一直惦记着这件事，工作进展很慢，待他终于走出公司，已经很晚了。

他朝着家的方向走去。经过一个巷口时，他突然想拐进去看看。那条陌生、安静的小巷中，似乎有一股力量在召唤他。

进去一定会有好事发生。

这个不知从何而来的念头突然浮现在勇信的脑海中，于是他拐进了那条小巷。

没走多久，勇信便看到了小巷尽头的店铺。那家店笼罩在柔和的琥珀色灯光下，店门上方挂着一块古朴的招牌，上面写着“钱天堂”三个大字，门前则摆着各式各样的点心和玩具，每一种都让人惊叹不已。

看着那些充满魅力的点心和玩具，勇信把打疫苗的事抛到了九霄云外。

重来米饼、老家最中饼、保密糖、放弃悠悠球、独占糖、豁达花生、王子布丁……这些点心和玩具真有趣啊！这家神奇的点心店简直就是一处藏满奇珍异宝的秘境。

这时，一个身穿紫色和服的女人走了出来。勇信个子很高，可这个女人身高竟与他不相上下，还给人很强的压迫感。女人一头白发，可脸庞光滑圆润，令人无法判断她的年龄。

这个女人一定不一般——只看了一眼，勇信脑海中便冒出这样的想法。因为他从女人身上感受到强大的威慑力，就像在柔道台上碰到了强劲的对手。

看到勇信警惕的样子，女人笑着说：

“幸运客人，欢迎您来到深夜营业的钱天堂，我是钱天堂的老板红子。”

红子的声音十分甜美，说话的语调宛如唱歌一般。或许是因为她温和的态度，当被问及心愿时，勇信头脑一片空白，直截了当地说出了自己的愿望：

“我……我虽然身体强壮，但其实很害怕打针。确切地说，我忍受不了打针时那种疼痛的感觉。如果感觉不到那种疼痛就好了。”

吐露了心声后，勇信脸涨得通红。

这件事我从没告诉过别人，今天却这么轻而易举地说出口了。我是怎么了？唉，好想把刚才的话收回来啊。

红子仿佛看出了勇信的不自在，劝解道：

“您何必为此事感到难为情呢？世人本就各不相同。无论恐惧还是喜好，都因人而异。”

“是……是吗？”

“当然了。不过话说回来，我这里正好有一款点心能够帮您实现愿望。我拿来给您看看吧。”

说完，红子从柜台旁边的纸箱里取出一板巧克力。

巧克力被银白色的锡纸包裹着，外面还套着一层棕褐色的厚包装纸，怎么看都只是随处可见的板状巧克力。

然而，在看到那板巧克力的一瞬间，勇信呼吸一滞。他仿佛见到了命中注定的恋人一般，心脏狂跳起来。勇信不知道自己为什么会这样，但那板巧克力的确具有特殊的魅力，让他无论如何都想得到它。

勇信话都说不出来了，只是盯着巧克力看。

红子说：“这是不痛不痛巧克力，吃下后就感觉不到疼痛了。”

“吃了就感觉不到疼痛？”

“是的……如果您不相信，那就不要购买这款产品。”

没想到勇信坚定地摇了摇头。

我绝对不会放弃这板不痛不痛巧克力！

“我相信！不管您说什么我都相信！请让我买下来吧！”

水果
不痛不痛巧克力

“价格是十元。”

“这么大一板巧克力，竟然只要十元？”

“是的。只是，请您务必用昭和四十六年的十元硬币支付，其他货币恕本店不接受。”

“不知道我有没有……”

勇信在钱包里翻找着，担心自己没有这样的硬币。幸好，他真的找到了一枚昭和四十六年的十元硬币。

“这枚可以吗？”

“可以，这正是今日的幸运钱币，昭和四十六年的十元硬币。感谢惠顾，不痛不痛巧克力是您的了。”

“谢谢！”

勇信把巧克力紧紧抓在手里。

如果这板巧克力真的能让我再也感受不到疼痛，那就太棒了。不管效果如何，光是买到不痛不痛巧克力这件事，就已经令勇信欣喜若狂。对他来说，这比买到一辆心仪的车、比在柔道比赛中获胜还令人高兴。

看到勇信高兴得快要蹦起来的样子，红子缓缓说道：

“疼痛的确是一种令人不悦的感受。但是……有些时候，疼痛也是不可或缺的感受。请您千万不要忘记这一点……在您吃下巧克力前，请务必仔细阅读包装纸上的说明，上面写的注意事项非常重要。”

勇信终于从喜悦中回过神来，想要问一问红子方才的话是什么意思。

然而，勇信抬起头时才发现，点心店和高大的女人统统消失不见了。自己正拿着不痛不痛巧克力，站在租住的公寓前。

“我是什么时候回来的？……算了，管它呢。”

勇信一回到家，就拿掉了不痛不痛巧克力外层的包装纸，并撕开里面的银白色锡纸，然后啊呜一口咬下了一半。

“哇！真好吃啊！”

勇信原本并不喜欢吃巧克力，但不痛不痛巧克力却格外合他的口味，也许是因为除了甜味，它还有独特的辣味。里面还有坚果碎，嚼起来嘎嘣脆，口感绝佳。

勇信沉浸在美味带来的愉悦中，又一口，剩下的巧克力也下肚了。成年以后，他还是第一次吃到如此可口的零食。

吃完巧克力，勇信的内心被幸福感和满足感填得满满当当。刚才他还在为打疫苗的事发愁，现在却觉得“没关系，总会有办法的”，虽然他也不知道自己为什么会觉得没关系，不知道自己能想出什么办法……

自己的心情短时间内竟能一百八十度大逆转，勇信觉得有些不可思议。他甚至怀疑不痛不痛巧克力中添加了神秘的药物。

于是，勇信拿起巧克力的包装纸仔细查看起来。上面没有成分表，只有这样一段使用说明：

这款巧克力名为不痛不痛巧克力，适合无法忍受疼痛的客人。吃下整板巧克力后，在需要忍受疼痛的时候，您只需念出咒语“疼痛疼痛快走开”即可。注意：食用前，请将巧克力掰成小块，一小块一小块地吃。如果直接整板吃下，巧克力的威力会过于强大，导致您再也感受不到任何疼痛。

“糟糕！”勇信拍了拍自己的额头。

没想到吃一板巧克力还有这么多讲究。我吃错了，该怎么办？有没有补救措施？

勇信做事一向一丝不苟，他在包装纸上仔细寻找，终于在背面找到了几行小字：

如果您希望解除不痛不痛巧克力的魔力，只需念出咒语“疼痛疼痛别走开”，巧克力的魔力就会消失得一干二净。

“哈哈，什么咒语、魔力，听上去还真像魔法……看来就算食用方法错了也没关系。再说，感受不到任何疼痛不是挺好的嘛。”

如果说明书上写的是真的，那么现在的勇信应当已经失去了痛觉。是真是假，一试便知。

勇信本打算掐自己的胳膊一把，但转念一想，觉得还是不试为好。

怎么可能真的有这么神奇的效果呢。如果发现是假的，难得的好心情就没有了，那才可惜呢……算了，保持好心情最重要。

如果发现说明书上写的都是假的，那么在打完疫苗之前，我恐怕连一个安稳觉都睡不了了。

勇信决定去冲个澡。他暗暗祈祷这种轻松愉快的心情能够持续到周五。

时间一晃就来到了周五。

这天，勇信的心情一直无法平静。

上午还不觉得害怕，但下午看到针头会怎样呢？我会不会在针尖刺破皮肤时大叫着跳起来？

这种惶恐不安的情绪萦绕在心头，勇信下意识地默念了好几遍“疼痛疼痛快走开”。

终于到了打疫苗的时间，勇信和同事们坐上巴士。因为接种疫苗的地方离公司很远，老板特意租了一辆车。

坐在车上，同事们纷纷谈起自己接种疫苗的经历。

“唉，其实我有点儿担心。我每次打完疫苗胳膊都会肿胀。”

“我上次接种疫苗之后还发烧了，不过的确躲过了那波病毒。”

“我之前不小心得了流感，幸好接种过疫苗，病情没有那么严重。但我还是请了好几天假，不得不让大家替我完成工作。真是不好意思。”

“是啊，你请假期间的工作都是我替你做的。你得请我吃饭啊！”

“没问题，老姐。”

“叫谁老姐呢，你这丫头！”

这时，一位同事转身问勇信：

“大将呢？说到打针，你有什么印象深刻的经历吗？”

“嗯？”

“还是说，就算有一百根针扎过来，你也面不改色？”

勇信很想说些场面话，然后绕过这个话题。

可他却没能做到。

因为他刚准备开口，就感受到了一阵剧烈的撞击。勇信身体猛烈摇晃了几下，头一阵发蒙，瞬间失去了意识。

接下来……

等勇信睁开眼，他发现自己头朝下，脚朝天。并非只有勇信一个人这样，同事们个个如此。因为大家都系着安全带，所以都还固定在自己的座位上，只是上下颠倒了。

到底怎么回事？勇信眯起迷蒙的双眼，努力观察周围的情况。

车厢内乱七八糟。车窗碎了，后备箱也因挤压而变形，整辆车都翻了过来。

出车祸了！勇信终于反应过来了。

“喂！你们还好吗？快醒醒！”

勇信大声呼喊，但没有人回答他。同事们伤势都很严重，只能发出微弱的呻吟声。

这样下去可不行，我得想办法把他们转移到车外。

勇信似乎没有受伤，因为他哪里都不疼。于是，他解开安全带，挣脱了座椅。

勇信决定先救离自己最近的同事梶平，也就是刚才大家口中的“老姐”。梶平的伤似乎最严重。

“别害怕，别害怕，我马上救你出去。”

“啊……”

“我先帮你把安全带解开。”

“疼……疼……”

“我尽量轻一点儿。”

勇信边说边解开梶平的安全带，将她放了下来。接着，他抱起梶平，砸开破损的车窗，来到了车外。

巴士外已经围满了人。看到勇信和梶平出来，人们似乎在喊什么。但勇信顾不上理会这些，他把棍平托付给热心人，快速说了一句“照顾好她”便回到车内，把部门主管抱了出来。

然而，有些人的座椅变形了，还有些人的安全带无法解开，这些导致勇信的救援行动难以顺利进行。

勇信只得拼尽全力将座椅推开或砸烂，用碎玻璃将安全带割断，才能将被困的同事救出来。玻璃碎片刺进了他的手掌，鲜血汩汩直流，但勇信一点儿都感觉不到疼痛。

勇信突然意识到，一定是不痛不痛巧克力起了作用。

难道说，它果真是魔法点心？不管怎么说，眼下多亏了它。我如果畏惧疼痛，就无法像现在这样救助同事们。我要再快点儿，过一会儿发动机恐怕就要起火了。

勇信忘我地施救，脑海里只剩下“加快速度”这一个念头。

过了不知多久，勇信终于将最后一位被困的同事带到车外。他筋疲力尽，瘫倒在地，长长地舒了口气。

这时，救援队到达现场。队员跑过来询问道：

“先生，你没事吧？”

“啊？”

勇信正想说话，突然感到一阵胸闷。他的喉咙似乎被什么东西堵住了，口腔里也漫出一股铁锈味。

勇信剧烈地咳嗽起来，咳出了堵在喉咙眼儿的那团东西。

鲜红的血沫四处飞溅。

“啊……”

勇信难以置信地看着地面上那摊黑红色的血块。

血，是血……还是从我嘴里吐出来的……怎么会这样……

勇信不明白这是怎么回事，想抬头询问救援人员。

就在勇信抬头的那一刻，他感到一阵眩晕，接着便眼前一黑，失去了意识。

“啊……”

勇信再次睁开双眼时，发现自己躺在一张单人床上。他环顾四周，发现这是一个独立的小房间，白色的墙壁，白色的被单，一旁的桌子上摆满了鲜花和卡片。

勇信对这个房间毫无印象，但他通过空气中消毒水的味道，很快反应过来这里是医院的病房。

我……我晕倒了吗？其他人怎么样了？得让医生去救他们。

勇信正想抬手按呼叫铃，却惊讶地发现自己的胳膊变细了很多。

这……这是怎么回事？我怎么了？！

勇信愣在床上。这时，一位年轻的护士推门走了进来。看到勇信，护士立刻冲着走廊大声喊道："快去叫医生！英雄醒了！"

接着，护士冲到勇信的床前，兴奋地对他说："你怎么样？还记得自己叫什么吗？"

"玖须原勇信……你刚才说，英雄？"

"就是你啊！你住院期间大家都这么叫你。你自己受了那么重的伤，却救出了八个人，不就是英雄吗？！"

"重伤？你是说我吗？"

这时，身穿白大褂的医生跑了进来。

医生仔细检查了勇信的身体，随后告诉了勇信一件令他震惊的事情。

"昏迷？我？昏迷了一个月？"

看着震惊不已的勇信，医生重重地点了点头。

“是啊，你乘坐的巴士出了车祸，你不记得了吗？当时你的内脏受了很严重的伤，可你为了救人不断跑动，这让你的伤势更严重了。”

“我当时的情况很危险吗？”

“如果再晚一点儿送到医院，就抢救不过来了。”

医生的话让勇信吓出一身冷汗。自己居然差点儿丧命，强烈的恐惧感逐渐在体内蔓延开。

医生继续说道：

“按理说，一个人在那种情况下不可能还有力气救助别人。内脏受损后剧烈的疼痛会让人连路都走不了，但你却跑来跑去救人。”

“是……我当时不觉得疼……”

“怎么可能感觉不到疼呢？幸好你醒了。恭喜你，你已经脱离危险了。我先去给你开检查单，再去通知你的家属，告诉他们你已经醒了。我马上回来。”

医生说完，便匆匆离开了病房。

勇信独自一人躺在病床上，目瞪口呆。

我受了重伤？我竟然一点儿也没感觉到……

因为，勇信现在也完全感觉不到疼痛。

啊，对了！不痛不痛巧克力！

一定是不痛不痛巧克力发挥了作用。

勇信不假思索地挪动扎在自己手背上的针头，果然什么感觉也没有。

说明书上说，如果没有一小块一小块地吃不痛不痛巧克力，就会感受不到任何疼痛……这竟然是真的。

这可怎么办啊？勇信本就苍白的脸上顿时血色全无。

当初勇信以为感受不到疼痛是一件好事，但遇到交通事故后他才明白，这会让他意识不到自己的身体状况。因为没有痛感，不管发生多么糟糕的事他都意识不到，等到反应过来时可能为时已晚。

就像这次车祸一样，勇信因为感觉不到疼痛，差点儿就丢了性命。

“如果再晚一点儿送到医院，就抢救不过来了。”医生的话一直在他的耳边回响。

幸好把大家都救出来了……不过，这种能力实在太危险了。

勇信深吸一口气，决定放弃这种能力。

“疼痛疼痛别走开！”

他想到不痛不痛巧克力包装纸背面的那几行小字，念起咒语。

接着，他再次挪动手背上的针头，这次明显感觉到了一阵刺痛。

太好了，终于能感觉到疼痛了。勇信松了一口气。

年轻的护士再次走进病房。

“打扰了，为了检查你身体的一些指标是否正常，现在要为你抽血。”

“什么?！抽血……”

“是的，很快就会结束的。”

勇信再次面色惨白。

早知道还要抽血，我就不应该这么早解除不痛不痛巧克力的魔力。

我昏迷了一个月才恢复意识，估计还不能立刻出院，接下来恐怕还有很多需要抽血的检查项目。早知道这样，我就应该暂时保留不痛不痛巧克力的力量。

勇信陷入深深的后悔情绪中，可护士已经利索地准备好了抽血要用的东西。看到护士拿出一根粗大的针管，勇信吓得哆嗦起来。

护士意外地看着他："大英雄也怕抽血吗？"

"啊，那个……我这么大的人还害怕抽血……很可笑吧。"

"怎么会？又不是只有小孩子才害怕抽血。别害怕，我的扎针水平很高哟。"护士温柔地笑着说。

勇信顿时放松了。

是啊，又不是只有小孩子才害怕抽血，我有一件害怕的事情也没什么。那家神奇点心店的老板也说过："您何必为此事感到难为情呢！世人本就各不相同。无论恐惧还是喜好，都因人而异。"

勇信突然领悟了其中的道理，他在放松的状态下顺利地抽完了血。

玖须原勇信，男，三十岁

昭和四十六年的十元硬币

星探馒头

玖须原勇信，目标人物之一，已经恢复意识。

藏木元弥一得知这个消息，就匆匆赶到了医院。他假装来探望病人，若无其事地向勇信的病房内张望。

玖须原勇信正躺在病床上爽朗地笑着。病床边围满了人，似乎都是来探望他的同事。勇信昏迷了一个月，消瘦了不少，气色却很好，看来他的病很快就会痊愈。

但藏木根本不关心这些。

“可恶！”

藏木忍不住喊出了声，因为他发现勇信身上的一样东西不见了。

此前，勇信的胸口浮着一行金色的字——“不痛不痛巧克力，再也感受不到疼痛”。可现在，那行字消失了。也就是说，勇信已经失去那种能力了。

六条教授曾经叮嘱过：“再也感受不到疼痛？太棒了！必须把这种能力弄到手！”

可是现在，勇信已经算不上他们的目标人物了……

藏木走出医院，回到车里。他必须把这个情况尽快汇报给教授。

可他刚准备拨出电话，又犹豫起来。

上次与六条教授通话时，教授似乎很生气。现在可不能再惹他了，还是过段时间再汇报吧。我先去协助泷宫翔好了。我要全力以赴，让他得到其他目标人物的能力。

此外，藏木还有一件事没有向六条教授报告——他又找到了几个人，他们身上的能力似乎也能派上用场。只要让泷宫把他们的能力也夺过来，或许就能弥补失去不痛不痛巧克力的遗憾。

“真是的！泷宫那家伙磨磨蹭蹭的，到现在也没有任何进展！说什么总有干扰因素，肯定都是借口！”

藏木骂骂咧咧地发动汽车，无意间扫了一眼后视镜。当在镜中看到自己的容貌时，他不由得心头一颤。

藏木明明只有三十二岁，但镜中映出的男人却面部浮肿，气色也很差。再配上那副老气的眼镜，整个人看起来憔悴而失意。

谁能想到，就在几年前，他还是一位年轻有为的经纪公司董事长呢。

如果我像泷宫翔一样拥有全拿来曲奇的能力……早就一举击溃钱天堂了。

藏木开着车，再次回想起自己走进钱天堂时的情景。

那已经是五年前的事了。

那时的藏木才二十七岁，在一家小型影视经纪公司做星探。他每天的工作就是到商业街或者车站等人多的地方，寻找有潜力成为偶像或演员的人。

星探的工作并不容易。尽管许多人颇有潜质，经过训练就能出道，但他们究竟是否拥有独特的才华、将来能否扬名立万，这些都不可能一眼看出来。藏木发掘的人里没有一个成为明星。

正因如此，藏木越来越焦虑。

我想找出一个真正有才华的人。唉！如果我能一眼看出别人的才华就好了！

藏木每天都想着这件事。

就在那个时候，他走进了那间神奇的点心店——钱天堂。

在店内，一位自称红子的女人为藏木推荐了一款点心，她说这款点心能帮助藏木实现愿望。

那是一个浅褐色的馒头，表面印着一只眼睛。看到馒头的那一刻，藏木就非常想得到它。于是，他按照红子的要求，用一枚昭和四十年的五十元硬币支付，然后得到了它。

藏木一边吃着馒头，一边往繁华的商业街赶去。在路上，无意间瞥到商店橱窗上映出的自己的身影后，他惊讶得停住了脚步。

橱窗倒映出的身影有些不同于往日，藏木的胸前多了一行闪着金光的字——“星探馒头，能够看出人们的才华”。

没错，藏木在钱天堂买下的点心就叫星探馒头。

藏木激动地将视线转移到来来往往的路人身上。仔细看去，他才发现原来每个人都有自己的才华。身材微胖的女人胸前写着“芭蕾舞演员”，走路踉踉跄跄的瘦高青年胸前写着“橄榄球运动员”……每个人胸前都有

木工
软件
程师
橄榄球运动员
老师
芭蕾舞演员

一行浅蓝色的字。

大多数人没能发现自己真正的才华，选择了与其才华毫不相干的职业，这是多么可悲且可笑的事啊。

看着那些人，藏木感慨良多。

星探馒头的能力真的太适合藏木了。他只需扫视人群，找到那些胸前有“演员”“偶像”“搞笑艺人”等字样的人，上前搭讪即可。

此后，藏木发掘的艺人全部名声大噪，他也因此成了名震业界的星探之王。

信心高涨的藏木决定自立门户，成立一家影视经纪公司。

反正我有发掘明星的能力。与其给别人打工，不如自己培养人才。

如藏木所愿，一切都非常顺利。藏木发掘的人进入演艺圈后全都一炮而红,为公司带来了巨大的经济效益。

藏木购买豪车与别墅，每天过着挥金如土、纸醉金迷的生活，还常常出入名人云集的场合，与大明星们谈笑风生。那段日子他过得顺风顺水，简直可以用为所欲为来形容。所谓春风得意便是这样吧。

然而，后来藏木遇到了给他带来致命打击的人——一个十七岁的少女。

一天，少女来到藏木的公司，对他说自己想成为演员。

那个叫亚姬的女孩看起来并不起眼，虽说长相可爱，但不能给人留下深刻的印象。按理说，她很难成为大明星，出人头地。

若是往常，那样的女孩一定会吃闭门羹。然而，藏木发现亚姬的胸前有一行字——“明星柿饼，能成为明星”，这与其他人胸前的文字都不一样。

看到那行字的那一刻藏木便明白了，那个女孩也像自己一样，去过钱天堂。她吃了一种名叫“明星柿饼”的点心。

此前，藏木偶尔也会遇到去过钱天堂的人。因为普通人胸前的字是浅蓝色的，而去过钱天堂的人胸前的字是金色的，而且对方吃过的点心的名称也会显现出来，非常容易辨认。但藏木没想到，竟然会有钱天堂的顾客光临自己的公司。

藏木仔细询问后得知，亚姬果真去过钱天堂，她吃下的也的确是能让人变成明星的明星柿饼。

“我知道自己资质平庸，但一直有个明星梦……所以钱天堂的老板就给了我一个柿饼。她说那个柿饼有特殊的能力，能让我变成光彩夺目的人。我吃下柿饼后心中突然涌起一股勇气，觉得自己什么都能做到，于是今天就来拜访您了。”

“原来是这么回事啊……嗯！你来得正好！包在我身上，我一定让你成为影视红星！”

竟然能发现这样罕见的人才，藏木高兴得快要蹦起来了。他尽全力培养亚姬，在她身上倾注了所有精力。他送亚姬去上顶级老师教授的声乐课和表演课，把已经承诺给别人的角色挪给亚姬，努力提高亚姬在电视上的曝光度。

一言以蔽之，藏木只关注亚姬的发展。对他来说，其他艺人已经可有可无。

由于受到明显的差别待遇，其他艺人纷纷与公司解约。不过藏木完全不在意。他坚信吃过钱天堂点心的亚姬将来一定会飞黄腾达。

亚姬的星途很顺利，很快就被选中领衔主演一部大制作电影。只要那部电影上映，亚姬的名字就将响彻全日本，接下来就是走向世界。藏木的野心与梦想越来越大。

拍摄当日，在接到亚姬之前，藏木还沉浸在幸福的美梦中。

然而……

看到走出家门的亚姬，藏木大惊失色。亚姬眼里噙着泪水，整个人像霜打了的茄子一般。

最重要的是，她胸前那行金色的字——明明昨天还在——已经消失得一干二净，取而代之的是几个浅蓝色的字——“数学家”。

这到底是怎么回事？藏木惊慌失措地抓住亚姬的肩膀，问道：

“亚姬，怎……怎么回事？到底发生了什么？！”

“老……老板……”

亚姬抽噎着诉说了前因后果。

原来，吃完明星柿饼后，要将柿子核种到花园或花盆里精心培育。若是疏于照顾，导致枝叶枯萎，那么食用者得到的能力就会消失。

“我……我最开始很认真，每天都浇水驱虫……但是最近太忙了，我又因为电影的事兴奋过头，就把这件事忘记了……”

这天早上，亚姬从睡梦中惊醒，似乎预感到了什么。她去花园查看，发现明星柿饼的枝叶已经干枯了。

听完亚姬的话，藏木面无血色。她都做了些什么啊？！我此前所有的努力、所有的付出都白费了！

亚姬也陷入惶恐之中。

“不行！我不行！失去了明星柿饼的力量，我绝对不可能成为明星了！我不去拍电影了！”

“现在说这些已经来不及了！没关系，就算没有明星柿饼的力量，你也有足够的实力，况且你长得这么漂亮。你可以的，一定可以的。”

藏木好说歹说，终于把亚姬哄进了摄影棚。无论如何她都必须参演这部电影，因为现在想取消合约已经来不及了。更何况亚姬还接受过那么多顶级培训，应该能行吧？

然而……

藏木还是过于乐观了。

就结果而言，那部电影彻底失败了。明明剧本和制作都非常优秀，但作为主演的亚姬演技实在太差，以至于整部电影都被毁了。

观众纷纷对亚姬的表演给予差评，亚姬只得放弃明星梦，在大众面前销声匿迹。藏木的情况就更糟了，为了让亚姬出演那部电影，藏木给电影制作方施加了很大的压力，他现在不得不承受整个行业的指责。

“说实话，你的星探生涯已经结束了。大家都表态说，凡是你推荐的演员，我们一个都不会用。以前在你公司干过的那些演员也说，以后坚决不和你们公司的演员合作……你还是转行去干别的吧。”

连著名导演都如此冷言相向，藏木彻底心灰意冷，只得改行做其他工作。

事已至此也别无他法。就忘记演艺界的灯红酒绿，踏踏实实做个普通人吧。

藏木这样宽慰自己，但他又很难接受如此巨大的落差。他已经体验过那种纸醉金迷的生活，又怎能忍受就这样失去一切呢？

我曾经是出色的星探、公司董事长，捧红了那么多明星，认识那么多名人。我曾经挥金如土，可以做任何我感兴趣的事，买任何我想要的东西。我怎会落到如此地步?!

内心如此不甘的藏木自然做什么工作都无法长久坚持下去。

藏木开始自甘堕落，他心中渐渐生出对钱天堂的怨恨之情。

如果我当时不与钱天堂扯上关系，过得肯定比现在幸福。那家点心店太可恶了，我一定要毁了它。有这种想法的肯定不止我一个。

藏木开始寻找与自己想法一致的人——那些胸前浮着金色的字、内心不忿、生活不幸的人，那些能与自己联手报复钱天堂的人。

在寻找的过程中，藏木认识了六条教授。六条教授的胸口有“天才汽水，成为天才”几个金色的字，他对藏木的想法深表赞同。

“我也有同样的愿望。凭借你的能力和我的智商，我们的愿望一定能实现。你愿意助我一臂之力吗？”

“当然。”

就这样，两个人联手了。

天才汽水
星探馒头

六条教授给藏木提供了大量资金，还派自己的手下风祭协助他。藏木的任务是寻找那些去过钱天堂的人，并向六条教授提供那些人购买的点心的信息。

能够让别人服从自己制定的规则——规则奶糖。

能够让人拥有丢弃无用之物的果断与无情——断舍离丸子。

还有那匹在二手商店看到的摇摇马，上面竟然写着“抢夺烤年糕”几个字，藏木看到时都惊呆了。

至于泷宫翔，那是藏木去医院探望亲戚时偶然发现的，他胸口有“全拿来曲奇，夺取他人的才华和能力”的字样。与藏木以往看到的都不同，泷宫翔胸前的字是灰黑色的。但因为泷宫胸口的字里也有点心名，藏木便认定他也是钱天堂的客人。

藏木将泷宫翔的情况汇报给六条教授时，六条教授表现出极大的兴趣。

“这种能力或许能派上大用场。藏木，你尽可能详细地调查一下那个少年的情况……我已经制订了一项计划，能把钱天堂的老板引出来。万一我的计划失败了，我们就要利用那个少年的能力。”

受六条教授的委托，藏木调查了泷宫翔的情况。

原来，泷宫翔不久前出了事故，失去了一部分记忆，但他依然记得自己去过一家点心店，也记得自己就是因为吃了那家点心店的点心，拥有了特殊能力，才惨遭厄运。

泷宫翔的情况很符合六条教授的要求。因此，藏木让风祭暗中监视泷宫翔。

后来，六条教授的计划失败了，他们立刻启动下一项计划——将泷宫翔培养成最强的超能力者，把钱天堂逼上绝路。

但是到目前为止，计划完全没有进展。写着“抢夺烤年糕”的摇摇马在配送途中丢失，现在又失去了获得不痛不痛巧克力的能力的机会。

这些全都是泷宫翔的问题。想到这里，藏木撇了撇嘴。

只要一靠近目标人物就会出现干扰因素？还不都是因为他太笨了……既然这样，我就直接把他带到目标人物身边。这样他总能完成任务吧。

藏木两眼冒光，猛踩一脚油门。他得尽快赶到泷宫翔家。

藏木元弥，男，三十二岁

昭和四十年的五十元硬币

尾声

“原来是这样啊！藏木的情况怎么样？……噢，没有生命危险，那就好。你告诉他，让他好好休养，他拥有的星探馒头的能力对我们而言依然很重要。”

挂掉秘书风祭打来的电话后，六条教授咬紧后槽牙。

“这次，就连藏木都遇到了交通事故……还是在去接泷宫翔的路上……这到底是怎么回事？”六条教授自言自语道。

然而，没想到有人回答了他的疑问。

“嘿嘿，让我来解答您的疑问吧。”

六条教授猛地回头，发现身后站着一个外表奇特、个子极高的男人。男人头戴高筒礼帽，披着黑色斗篷，打扮得像个魔术师。他的头发和胡须都像成熟的草莓般呈深红色，令人印象深刻。

这个人是怎么进入我的书房的？六条教授警觉起来。

“你是什么人？”

“我是天狱园的怪童。”来人露出狡黠的微笑，“此次我前来是替别人送来一句忠告。”

“别人？难道是钱天堂的红子？”

“不不不，是红子的死对头淀淀。她也经营着一家点心店——倒霉堂[1]。”

“淀淀……”

教授似乎想到了什么。他点了点头，说：“我听说过这个名字。在钱天堂的调查资料里总能看到这个名字，所以我就想，干脆把这个淀淀也调查一下……这个名字第一次还是从一个想去钱天堂的男孩嘴里听到的。”

“为什么他同时知道这两家点心店？”

“他一开始买了钱天堂的猜题罐头，但倒霉堂又向他推荐了作弊炸年糕，于是他吃了那份炸年糕。但没过多久他就后悔了，希望能再次得到前往钱天堂的机会……看来淀淀卖了很多不太好的点心啊。”

“嘿嘿，您说得没错。就是淀淀托我给您带话。她说，

1　有关倒霉堂的情节详见本系列第三到第十一册。——编者注

利用泷宫翔报复钱天堂的计划，您还是尽早放弃吧。就算您利用那个少年，也无法给钱天堂造成任何打击。”

“为什么？”

“因为泷宫翔吃下的全拿来曲奇是倒霉堂的点心。”

“什么?!”

“而且，倒霉堂永远无法与钱天堂扯上关系了。”

怪童三言两语讲述了红子与淀淀之间的那场对决，以及对决的结果。

“就是这样。红子吃下倒霉堂的拆拆鱿鱼干后，她和淀淀之间的缘分被彻底斩断了。”[1]

“缘分被斩断了？”

“是的，拆拆鱿鱼干威力极大，因此不仅红子和淀淀不可能再相见，就连她们店内的点心之间也再无缘分。吃过倒霉堂点心的人，无论如何也不可能靠近吃过钱天堂点心的人。即使对方就在眼前，也无法看见对方。”

“泷宫翔吃下的全拿来曲奇是倒霉堂的点心……我们还以为那是钱天堂的点心……你刚才说她们两人之间的

1　有关倒霉堂与钱天堂最终对决的情节，详见本系列第十一册的第六个故事《拆拆鱿鱼干》。——编者注缘分被斩断了，那是什么时候的事情？”

“一年半以前。”

“一年半以前……怪不得……藏木发现泷宫翔是在两年前。”

“嘿嘿，就是那个吃下钱天堂的星探馒头的人吧？的确，藏木发现泷宫的时候，红子还没有吃下拆拆鱿鱼干。但现在，他只要打算靠近泷宫，就会遇到事故。”

原来是这样，六条教授了然地点了点头。

“太感谢了。这下困扰我许久的疑惑终于解开了，但我还有一事不明。”

六条教授用怀疑的目光打量着怪童。

“淀淀为什么要告诉我这件事？”

“因为她不想看到您把时间浪费在不可能成功的事情上。她希望您尝试其他方法。现在能给钱天堂致命一击的，也就只有您了。”

“这样啊。那淀淀会支持我吗？”

“当然，只是她无法为您提供任何帮助。”

“没关系，能够给我带来忠告，我就已经非常感激了。你带来的消息帮了我很大的忙。”

“那就好。对了，泷宫翔已经失去那种能力了。”

“这又是为何？”

“体验过极度的恐惧与不安后，那个少年非常后悔，已经大声宣布不想要那种能力了。因此，昨天淀淀就收回了他的能力。不过，淀淀还是非常满足。我想，对那个少年来说，这也是一件好事。那种能力消失后，他失去的记忆也立刻恢复了。”

“哦。”六条教授对此毫不在意，他对泷宫翔已经一点儿兴趣都没有了。

那个少年今后会如何，和我没有任何关系。现在最重要的是思考接下来怎样做才能达到我的目的。

六条教授飞快地思考起来，现在他眼里已经没有怪童了。怪童也不再说话，默默离开了六条教授的家。

走在昏暗的街道上，怪童开心地低声自语：

“不错，非常不错。这个教授非常冷漠、绝情，是个毫无同情心的人。我早晚要雇这个教授到我的游乐园工作，他一定能想出很多可怕的游乐项目。嘿嘿，看来我今天发现了一个了不得的人才。”

怪童哼着歌，向天狱园走去。

金色招财猫的日常

包装盒设计

墨丸的童年

喵呜！
那时墨丸还是一只小猫。
墨丸，这样太危险了。喵——
扑倒
陪我玩一玩嘛。喵——
陪我玩嘛。喵——
哎呀！喵喵喵喵——
哗啦！
墨丸小时候真可爱啊。喵——
是啊，总趁我们做点心的时候来捣乱。喵！
好怀念呀！
你们不要再说啦。喵——

毛线团

双语女孩的头发是用毛线做的。
好大好软的毛线团，好想玩啊。喵——
摆弄
我要忍住。喵——
喂，现在可不是娱乐时间。喵——
真好玩
滚来滚去
我忍不住了。喵——
我的爪子自己动了。喵——
连小金也玩起来了。喵——

著作权合同登记号　图字：01–2023–4123

图书在版编目（CIP）数据
星探馒头与新计划 /（日）广岛玲子著；（日）加加绘；段洵美译 . -- 北京：北京科学技术出版社，2024（2025 重印）.
（神奇点心店）. -- ISBN 978-7-5714-4184-5
Ⅰ . I313.85
中国国家版本馆 CIP 数据核字第 20244KP946 号

策划编辑：梁　琳　张心然
责任编辑：樊川燕
责任校对：贾　荣
封面设计：沈学成
图文制作：天露霖文化
责任印制：吕　越
出 版 人：曾庆宇
出版发行：北京科学技术出版社
社　　址：北京西直门南大街 16 号
邮政编码：100035
电　　话：0086-10-66135495（总编室）　0086-10-66113227（发行部）
网　　址：www.bkydw.cn
印　　刷：保定市中画美凯印刷有限公司
开　　本：889 mm × 1194 mm　1/32
字　　数：79 千字
印　　张：4.75
版　　次：2024 年 12 月第 1 版
印　　次：2025 年 3 月第 3 次印刷
ISBN 978-7-5714-4184-5

定　　价：28.00 元

广岛玲子

知名儿童文学作家，曾获日本第四届少年冒险小说大奖、日本第十四届幻想儿童文学大奖等，在日本有“奇幻女王”之美誉。除“神奇点心店”系列外，还著有“十年屋与魔法街的朋友们”系列、“魔石馆”系列、“解忧旅行社”系列、“冒冒失失的魔女老师”系列等多部儿童文学作品，为孩子打造了一个个精彩的奇幻世界。其作品个人风格强烈，故事跌宕起伏、充满悬念，深受青少年读者欢迎和喜爱。

加加

生于日本福冈县。自由设计师，插画师。

致读者

日本目前流通的硬币有 1 元、5 元、10 元、50 元、100 元、500 元等多种面值。硬币的一面刻有铸造年份，年份不按公历，而按日本国内的年号标注，如平成 ×× 年、令和 ×× 年。

为了保留原书的韵味，经慎重考虑，我们在编译过程中没有将硬币的铸造年份换算成公元年份，而保留了原书的表述。为便于读者理解，特在此附上本书中出现的所有钱币年份，以便查询。

平成五年即公元 1993 年（第 14 页）
平成二十九年即公元 2017 年（第 34 页）
昭和五十八年即公元 1983 年（第 63 页）
平成七年即公元 1995 年（第 80 页）
昭和四十六年即公元 1971 年（第 101 页）
昭和四十年即公元 1965 年（第 121 页）